漢詩音注

漢詩統箋

〔清〕李因篤 輯評
〔清〕陳本禮 箋訂
張耕 點校

中華書局

圖書在版編目(CIP)數據

漢詩音注/(清)李因篤輯評;張耕點校. 漢詩統箋/(清)陳本禮箋訂;張耕點校. —北京:中華書局,2020.3
ISBN 978-7-101-14358-4

Ⅰ.①漢…②漢… Ⅱ.①李…②陳…③張… Ⅲ.古典詩歌-詩歌研究-中國-漢代 Ⅳ.I207.22

中國版本圖書館 CIP 數據核字(2019)第 302145 號

責任編輯:許慶江

漢詩音注 漢詩統箋

〔清〕李因篤 輯評

〔清〕陳本禮 箋訂

張 耕 點校

*

中 華 書 局 出 版 發 行

(北京市豐臺區太平橋西里 38 號 100073)

http://www.zhbc.com.cn

E-mail:zhbc@zhbc.com.cn

北京瑞古冠中印刷廠印刷

*

850×1168 毫米 1/32 · 10½印張 · 2 插頁 · 220 千字

2020 年 3 月北京第 1 版 2020 年 3 月北京第 1 次印刷

印數:1-3000 册 定價:38.00 元

ISBN 978-7-101-14358-4

點校説明

《漢詩音注》《漢詩統箋》是清人研究漢代詩歌的代表作。《漢詩音注》，明清之際李因篤輯評，是書收集兩漢詩歌、謡諺近四百首，詳敘來歷，逐篇賞評，並根據《詩經》《楚辭》，對漢詩的用韻情况作出分析；《漢詩統箋》，清陳本禮箋訂，該著集中對號稱難解的漢樂府三歌——郊祀歌、鐃歌、安世房中歌予以研討，裒集衆説，斷以己意。前者弘博中透細密，後者專精中顯格局，均爲研究漢代詩歌的重要參考書。

李因篤（一六三一—一六九二），字子德，一字孔德，號天生，陝西富平人，明清之際著名學者。李因篤早慧，十一歲即爲諸生，明亡後棄舉業，潛心經學，遂爲「關學」鉅子。康熙十八年（一六七九），李因篤應博學鴻詞試，授翰林院檢討，旋即以終養請辭歸陝，講學著述，直至去世。平生著作宏富，有《古今韻考》《受祺堂詩文集》等。

李因篤雖以經學名家，卻深通詩藝，終身讀詩作詩不輟，對詩有着很高的鑒賞力。他愛好漢詩，搜輯研討，樂此不疲，自謂四十年專心併力於斯。《漢詩音注》是他研究漢詩的主要成果，數易其稿，晚年才交付門人王梓。李因篤去世後，王梓不負所託，於康熙三十五年（一六九六）任職孝昌時將其付刻。爲減少疏失，王梓特邀了十位知名學者擔任校閲，每人負責一卷，王梓親任總校，可謂鄭重其事。

其《漢詩音注》版行後，一紙風行，後世習漢詩者得其沾溉不少。其版本除王梓初刻本以外，尚有萬卷樓、文登丁氏以及「漢詩評」刊本等，良窳不一，要皆不如初刻精善。民國二十五年（一九三六），宋聯奎、王健、吳廷錫據王梓初刻本校訂，交陝西通志館排印，列入「關中叢書」出版。此版雖無句讀，而校訂認真，改正了初刻本一些錯字，且字大而清晰，便於觀覽，不失爲善本。

陳本禮（一七三九—一八一八），字嘉會，號素邨，江蘇揚州人。清代著名學者，藏書家。「瓠室」藏書數十萬卷，頗多秘本。陳氏以布衣終身，好學深思，勤於著述，有《協律鉤玄》《太玄闡秘》《屈辭精義》等傳世。

《漢詩統箋》集中研討漢樂府三歌——郊祀歌、鐃歌、安世房中歌。漢詩之中，以此三種最爲難讀。陳氏以爲包括李因篤注在內歷代注釋皆未得其精義，故博采文獻，並參考時彦成果，加以詳注。全書資料詳贍，邏輯嚴密，體現了清儒專精沉實的學風，表現出立意求新、勇於自見的學術品格。

《漢詩統箋》今存二本，甲本刻於嘉慶十五年（一八一〇），單行；乙本刻於嘉慶十七年（一八一二），與《急就探奇》合訂。二本其實一版，乙本係在甲本版上增刻、挖改而成，主要區別有三：一、乙本在每篇序後增刻兩枚印章「陳本禮印」「素邨」；二、《練時日》篇中「澹容與」句頁眉處增刻一段評論文字；三、《朱鷺》篇中「路訾邪」句下注解文字全部挖改替換，但因計算精確，版面絲毫未動。兩相比較，乙本爲優。

今次整理二書，合爲一本。《漢詩音注》原本分卷，《漢詩統箋》酌加卷之一、卷之二、卷之三名目。《漢詩音注》取王梓初刻本爲底本，通志館本爲校本；《漢詩統箋》取乙本爲底本，甲本爲校本。點校儘可能保留底本面貌：除避諱字、明顯誤字徑予改正外，底本與校本文字可兩存者，只在校記中説明；底本顯誤而校本不誤者，從校本，並在校記中説明。《漢詩音注》初刻本原有簡單句讀，出於李因篤抑或王梓已不得而知，但其接近李因篤本意、體現當時學人對漢詩的理解應是没有疑問的；《漢詩統箋》本無句讀，惟依據句下注解可以推斷，多數與今之漢詩讀本相同，而差異處亦復不少，這些句讀與其注解一起構成自洽的學術話語，不可剥離，故除明顯誤標外，悉依原狀，不以今時爲準，特此説明。

漢詩素稱難讀，不少問題還處於研討之中，難以遽下定論，《漢詩音注　漢詩統箋》爲首次整理，誤漏之處或有不免，尚祈讀者不吝賜教。

張　耕

二〇一九年八月

目録

漢詩音注目次

漢詩音注卷之二

漢詩音注卷之三

漢詩音注卷之四

漢詩音注卷之五

漢詩音注卷之六

漢詩音注卷之七

漢詩音注卷之八

樂府古辭

雜歌謡辭

歌　辭

謡辭

漢詩音注卷之九

無名氏

諺語

漢詩音注卷之十

漢詩統箋目次

漢詩統箋卷之一

漢詩統箋卷之二

漢詩統箋卷之三

樂府

廟祀樂章

漢詩音注

序

《書》云：詩言志，歌永言，聲依永，律和聲。後世聲詩之傳漸微，漢武帝立樂府官采詩，以四方之音被之聲樂，故《晉書·樂志》曰：凡樂章古辭，今之存者，併街陌謳謡，《江南可採蓮》《烏生八九子》《白頭吟》之屬也。或舊曲新聲，或新辭古義。沿襲至唐，獨張王二家得其故實，體製相似，而昔人又謂唐人述作者多，知音者少。蓋音發於自然，如百圍之竅穴、之鼻耳、枅臼，飄則大和，濟則衆虚，無所於用心也。然彼雖出於自然，我當爲之透入。合諸家以注《莊子》，而《莊子》愈晦；掇五官以補冬官，而五官併亂。知其解者，千載而下，固旦暮遇之也。

李太史子德先生專輯漢詩，以《漢詩音注》名篇，所重在音注也。其中如所謂古通用不必叶者、古與某韻不通其亂之則自此始者、某字音某字《毛詩》有此體者，又有云古音例無定者，縷縷未易悉舉。夫作書之法，大抵不越象形、會意、轉注、諧聲，然古韻之不通於後世者何限？即如謝靈運以「祐」字協「燭」字，《毛穎傳》中「牙」字「資」字「毛」字皆協「魚」字之類，讀者苟非眈思傍訊，則古人道其常，而後人不能徵其異者多矣。至於漫士之論詩有曰：漢魏質過於文，六朝華浮於實，得二者之中、備風人之體，惟唐詩爲然。太史是編，專主漢詩，就漢詩以論漢詩也。漢人之辭奥，其間思緒紛披，幾不可理，所謂辭之近人者，非其至也，而譬之器車神鼎，見天巧焉，可不謂如十五國之風有田夫閨婦之詞，爲後世文士不能及者乎？朱子謂齊梁間人詩，讀之使人懶慢不收拾。而唐音三變，則雕鏤之餘，規萬尚無淫巧。是太史以漢詩爲高曾，而非以晉魏以下非昭景甲氏也。椎輪爲大輅之始，大輅寧有椎輪之質？故踵事增華，爲天地間日開之數。楚《騷》而後，五言之宜首蘇李，十九首之析爲二十，要當繩以區則，不必例以傳疑。若夫《大風歌》之籠罩一世，振起兩京；《秋風辭》之英雄情多，爲一部漢詩中導歡散悲之權輿。而郊廟、鼓吹、安世房中之有典有則，馬、班、韋、張之先後傑出，裔裔般般，以曁鐸舞、巾舞、謡詞、俗諺，且有録其雜寫片語者，集英略穢，承間篋乏，密須闕犨，宋刀魯削，鉅細總非近玩矣。昔漢文帝召至魏文侯時老樂工，因得《春官·大司樂》之章，古人之訪求散佚也如此。是則甂甌出於土裂，鼎彝見於泉湧，博古者視如神運鬼工，漢以前作如是觀可耳。顧非洽綜五車、融通三篋、副墨洛誦、字櫛句比，蓋綦難之。太史一覽不忘，十行並下，布衣侍帷幄，密勿草絲綸，誠昭代應運、人文之表表者，而方隨鳳鳴，旋同鴻舉，懸車掃跡，盱衡網羅，用物弘而取精多，計著作何止充棟。我皇上聖神天縱，甲夜觀書，治定功成，制禮作樂，他時求茂陵遺稿，當必有贊瑶函秘笈之藏者。太史乃獨以《漢詩音注》授之琴伯王公，可知善聽惟子野，而遺文之無所失墜，昌黎端有待於李漢也。退食餘閒，偶心遡覩，裒成一集，衣被來學。且謬以見質於衰病庸孶之在恪，茫然何足以知此？而竊思凡有志於《風》《雅》之林者，固可由藩籬而進窺其閫奥矣。時康熙三十六年，歲在丁丑，季夏之望，荆南胡在恪題書於孝昌西湖書院。

序

間嘗曠觀百代，上下千載，竊歎兩漢之文治爲極盛也。天下之生民久矣，前此嬴秦暴虐，坑儒焚書，俾五帝三王流風善政蕩然無遺。高祖以泗上亭長，提一劍以定中原，締造西東兩漢。二十四君，曆數四百有奇。爝火餘光，猶延及於蜀季。誠以《大風》一歌，儼然有包羅百代、囊括宇宙之槩。維時陸賈日於上前陳説《詩》《書》，叔孫通創爲綿蕝，由此日漸，治定功成，制禮作樂，建太平不拔之業，前古後兹，莫之與京也。逮夫武帝、昭帝，皆秉天授，異資膺圖，首出《秋風》《瓠子》之篇，《黄鵠》《淋池》之作，大哉王言，抑何其婉而多風也！次則朱虚、東平、淮南諸侯王，以及蘭臺、金馬若班固、崔駰、傅毅、司馬相如、蔡邕諸人；武臣則馬援、霍去病諸人；隱士則四皓、梁鴻、龐德公諸人；淑媛則唐山夫人、班婕妤、卓文君、王嬙諸人，皆間氣所鍾，奇才輩出，未易更僕數，莫不揚《風》扢《雅》，高文典則，號爲專家，榮廟堂而光史册，豈不郁郁乎稱極盛與？然漢世去古未遠，兩晉之清言、六朝之金粉尚未染其陋習，故其詩多古奥，佶曲聱牙，不可卒讀，非好學深思，心知其義①，未能爲淺見寡聞者道也②。

頻陽李子德太史與洽陽王適菴明府蚤訂韓孟之交，太史穎慧過人，博稽羣籍，獨於漢詩有菖歜之嗜，精研四十餘載，著成《音注》一書。其旨晰，其辨詳。秘之帳中，不輕示人，而獨屬意於明府，蓋以明府虛懷若谷、讓善若水，生平苦心於詩學，揣摹簡練，直在初盛唐季孟之間。一日，太史出《漢詩音注》十卷，詔明府而畀之。中郎之書，盡歸王粲，可謂付託得人矣。明府每以梨棗爲念，向雖在車塵馬足時，未之或忘。乙亥冬，甫筮仕瀔川，百廢初舉，即以是書付剞劂氏，曰：此頻陽李太史之志也。嗟乎，漢世聲律漸開，其詩具在，咸目爲不急之務，况士人一邀榮遇，率多求田問舍，孰有如太史之取漢詩而一字比之句櫛之乎？且一死一生，乃見交情，太史以書授明府，明府受而藏之在庚午春，此七年以前事也。世風之衰，朝而同堂、夕而陌路者有之，孰有如明府之久要不忘、生死勿貳乎？今明府踐約於宿草之後，不欺然諾，則信也；明府自持冰蘗，急友生遺命，捐俸刻書，極其精工，則義也；舉前賢獨得之秘，以嘉惠後學，則仁也。一舉而三善備焉。使斯世悉如明府，則《谷風》可以無作，而前賢之遺集可以盡刻矣。余不禁三歎，而爲之序。康熙戊寅夏四月吉旦，仁和丁灝敬題於瀔川旅次。

【校】

①義，通志館本作「意」。

②渺，通志館本作「淺」。

刻漢詩音注序

吾鄉頻陽李太史先生品望夙著，淹通經傳，遡源濂雒，卓有見地，尚論夐絶，不屑步趨訓詁。當明季，先生年方舞勺，即補博士弟子員，亂離後棄去。隱居萬斛山，刻意著述，人罕見其面。性穎敏，讀書目十行下，輒終身不忘。雅負經濟才，詩古文辭模楷一世。見知上谷陳祺公先生，文名日著，羔雁頻至。會今上稽古右文，弓旌遠及，臺閣交章力薦，膺博學宏詞選，聖主臨軒，親閲多士，拔授翰林院檢討①。顧先生澹於仕進，且以堂上春秋高，具白掌院，疏請終養。慰留者再，於是伏闕陳情，詞意懇惻，上感宸衷，特賜馳驛歸里。進退遭逢，皆異數也。

余家洽陽，距先生里居不二舍而遥，乃鹿鹿塵壒中，無繇近炙，然先生早已聞聲見許。戊辰春，得侍杖履華下，一見傾倒，請定拙詩，謬爲激賞。云：後起之秀，非子而誰？樹立壇坫，直與涇陽劬菴、焦濩豹人、同邑黄湄諸公共執牛耳。子其勉之！予唯唯滋慙。先生著作甚富，而漢詩屬意獨深。庚午，客弘農，先生謂余曰：僕四十年專心併力評注是書，丹黄載筆，凡數易稿，自覺獨有會心。今脱稿初成，索觀者衆，卒未之與。

詎敢矜慎自秘？顧思得其人耳。子天下士也，舉以歸子。諈諉鄭重而别。余敬受而藏之。旅次稍暇，燈牕手録，迴環吟咀，略窺作者大旨，而余五言古體亦因之增益焉。屢思公諸世，而未有其會。兹者承乏孝昌，歲值賓興大典，徵調入闈，公事餘閒，追憶舊遊，莫有先先生者，因編輯成帙，付諸剞劂，以嘉惠後學。

竊念余雖非侯芭、王粲，而先生固子雲、中郎也。世固有子雲、中郎之書，必待芭、粲以傳哉！况先生抱負瑰瑋，未克展布萬一，區區聲韻之學，興感成書，不過文豹一斑、威鳳一毛耳，烏足爲先生重，而余汲汲恐後者，亦以見屬之殷。追念緒言，恍如昨日，而先生宰木已拱，宿草含煙，每一循攬，不自知清淚之涔涔也。用是粗述先生生平大概，暨予受知以來相逢之地、勖勉之言，備載歲月，以志歷久不忘，非敢藉是編以傳先生，而余之固陋正賴先生以傳也。至若評注之精，鉤深索隱，窮微探奥，直抉古人未發之藴，世之有志聲詩、立意學古者，三復而自得之，又烏庸余贊一辭云。時康熙丙子秋，洽陽後學王梓敬題於孝署槐蔭堂。

【校】

①檢，底本原作「簡」，據通志館本改。

漢詩音注卷之一

頻陽李因篤子德　評
二曲李顒中孚　閱
洽陽王梓適菴　校

高帝姓劉氏，諱邦，字季。

大風歌一名《三侯之章》。

《漢書》曰：高帝既定天下，還，過沛，留。置酒沛宮，悉召故人父老子弟佐酒。發沛中兒得百二十人，教之歌。酒酣，上擊筑自歌，令兒皆和習之。帝乃起舞，慷慨傷懷。

大風起兮雲飛揚，起如六義之興。芟除羣雄，非此不足以喻之。 威加海内兮歸故鄉。 威加海内而歸故鄉，上下兩義相承看始盡。安得猛士兮守四方！「安得」有汲汲旁求意。曰「猛士」則治不忘亂、安不忘危也。保治求賢，一語遂締四百之基。○雄沉愷摯。以此籠蓋一世，振起兩京，如建瓴之濤，憑高而下矣。

鴻鵠歌古樂府作《楚歌》。

《漢書》曰：高帝欲立戚夫人子趙王如意，因而廢太子，後不果，戚夫人泣涕，帝曰：爲我楚舞，吾爲若楚歌。其旨言太子得四皓爲輔，羽翼成就，不可易也。

鴻鵠高飛，一舉千里。羽翼已就，横絶四海。三百而下，有此開山。渾渾雄雄，直下視韋、曹矣。横絶四海，又可奈何！雖有繒繳，將一作尚。安所施？里、海古通用，不必叶。施，古音式何反。

武帝諱徹，景帝子。

瓠子歌二首

《漢書·武帝紀》曰：元封二年四月，作《瓠子歌》。《溝洫志》曰：帝既封禪，乃發卒數萬人，塞瓠子決河。還，自臨祭，湛白馬、玉璧，令羣臣、從官皆負薪塞河決。時東郡燒草，以故薪少，乃下淇園之竹以爲楗。音健，樁也。上既臨河決，悼其功之不就，爲作歌詩二章。於是卒塞瓠子，築宫，名曰「宣防」。

瓠子決兮將奈何！浩浩洋洋一作皓皓旰旰。兮慮殫爲河。殫爲河兮地不得寧，功無已時兮吾音魚，下同。山平。吾山平兮鉅野溢，魚弗鬱兮柏冬日。正道弛兮離常流，蛟龍騁兮放一作方。遠遊。歸舊川兮神哉沛，不封禪兮安知外。忽帶封禪説，隱隱歸功于東巡也。爲我謂河伯兮何不仁，一作皇爲河公兮何不仁。泛濫不止兮愁吾人。齧桑縣名。浮兮淮泗滿，久不返兮水維緩。悲天憫人，責河卹患。歌之託義極大，敷辭最宏，音節遒悲，與楚《騷》相上下矣。

河湯湯兮激潺湲，北渡回兮迅流難。搴長茭兮湛讀曰沈。美玉，河伯一作公。許兮薪不屬。薪不屬兮衛人罪，燒蕭條兮噫乎何以禦水。隤林竹兮楗石菑，側其反。宣防塞兮萬福來。罪、水通用，菑、來通用。○二歌有次第，其辭則雄惻均之。

秋風辭

《漢武帝故事》曰：帝行幸河東，祠后土。顧視帝京，忻然中流，與羣臣飲讌，帝歡甚，乃自作《秋風辭》。

秋風起兮白雲飛，草木黄落兮雁南歸。蘭有秀兮菊有芳，懷佳人兮不能忘。

起調謂變化《大風》乎，「蘭秀」二句謂托詠《楚辭》乎？只移易一二字，便別闢生面，而有動静憂愉之殊矣。汎樓船兮濟汾河，横中流兮揚素波。簫鼓鳴兮發櫂歌，歡樂極兮哀情多。少壯幾時兮奈老何！帝歡甚，而所感如是。英雄情多，非淺人可窺。一部漢詩，導歡散悲，傷來日之難知，苦行樂之不早，皆權輿于此。○視《大風歌》有春角、秋商之别，而氣象渾然，徹天淵而周流充塞之，要皆宫調也。

蒲梢天馬歌①

《史記》曰：武帝伐大宛，得千里馬，名蒲梢，作歌。

天馬徠兮從西極，經萬里兮歸有德。説來有源本，有關繫。承靈儀兮障外國，涉流沙兮四夷服。服，古音蒲北反。

【校】

①梢，通志館本作「稍」。

李夫人歌

《漢書·外戚傳》曰：夫人蚤卒，帝思念不已，方士齊人少翁言能致其神，乃夜張燈燭，設幃帳，陳酒肉，而令帝居幃帳，遥望見好女如李夫人之貌，還幄坐而步。又不得就視，帝愈益相思悲感，爲作詩，令樂府諸音家絃歌之。

是耶非耶？立而望之，翩何姗姗其來遲！姗姗，行步貌。先安反。○非、之、遲韻。○《招魂》《大招》中纚纚數百言，略盡此歌。

落葉哀蟬曲

王子年《拾遺記》曰：漢武帝思懷李夫人，不可復得，時始穿昆靈之池，泛翔禽之舟，帝自造歌曲，使女伶歌之。時日已西傾，凉風激水，女伶歌聲甚遒，因賦《落葉哀蟬》之曲。

羅袂兮無聲，玉墀兮塵生。虚房冷而寂寞，落葉依於重扃。望彼美之女兮安得，感余心之未寧。「安得」字自問得妙，寫出莫知其然而然、一片無聊與高帝另一用意。

柏梁詩

漢武帝元封三年，作柏梁臺，詔羣臣二千石有能爲七言詩，乃得上坐。

日月星辰和四時。帝。驂駕駟馬從梁來。梁王孝王武。郡國士馬羽林材。大司馬。總領天下誠難治。丞相石慶。和撫四夷不易哉。大將軍衛青。刀筆之吏臣執之。御史大夫倪寬。撞鐘伐鼓聲中詩。大常周建德。宗室廣大日益滋。宗正劉安國。周衛交戟禁不時。衛尉路博德。總領從宗柏梁臺①。光禄勳徐自爲。平理清讞決嫌疑。廷尉杜周。脩飾輿一作車。馬待駕來。太僕公孫賀。郡國吏功差次之。大鴻臚壺充國。乘輿御物主治之。少府王温舒。陳粟萬石揚⿱口口一作筥。箕。大司農張成。徼道宫下隨討治。執金吾中尉豹。三輔盗賊天下危。左馮翊盛宣。盗阻南山爲民災。右扶風李成信。外家公主不可治。京兆尹。椒房率更領其材。詹事陳掌。蠻夷朝賀常舍其。典屬國。柱枅欂櫨音鷄博盧相枝持。大匠。枇杷橘栗桃李梅。大官令。走狗逐兔張罘罳。上林令。齧妃女脣甘如飴。郭舍人。迫窘詰屈幾窮哉。東方朔。俱通用。○帝語如天覆地載，至矣。梁王以下，各據其位地賦之。有直述者，有兼風規者，遂創一體。後人于是有七言。

【校】

① 宗，通志館本作「官」。

昭帝諱弗陵，武帝第三子。

黄鵠歌

《西京雜記》曰：始元元年，黄鵠下太液池，帝爲此歌。

黄鵠飛兮下建章，羽肅肅兮行蹌蹌。金爲衣兮菊爲裳。賦體取其不雜爲高，而景色已郁然。唼喋荷荇，唼，所角反。喋，直角反。出入蒹葭。叶作藏。《子虚賦》：其卑濕則生藏莨蒹葭。藏莨音臧郎。自顧菲薄，二句無韻。愧爾嘉祥。

淋池歌亦見《三輔黄圖》①。

《拾遺記》曰：昭帝始元元年，穿淋池，廣千步，東引太液之水。池中植分芰荷，一莖四葉，狀如駢蓋。花葉離萎，芬馥之氣徹十餘里，宫人貴之。每遊宴出入，必皆含嚼，或翦以爲衣，或折以蔽日，以爲戲弄。帝時命水嬉，以文梓爲船，木蘭爲柂，刻飛鸞、翔鷁飾於船首。隨風輕漾，畢景忘歸，乃至通夜，使宫人歌曰。

秋素景兮泛洪波②，揮纖手兮折芰荷。涼風淒淒揚棹歌，雲光開曙月低河。萬歲爲樂豈云多！此歌濃郁婉悲，得騷人之致。

《文選》中妙句，以此冠之。

【校】

① 黄，底本原作「皇」，據通志館本改。

② 素，通志館本作「索」。

趙幽王友高帝子。

幽歌

《漢書》曰：幽王友，高帝之子。孝惠時，友以諸吕女爲后，不愛，愛它姬，諸吕女讒之于太后。太后怒，召趙王置邸，令衛圍守之。趙王餓，乃作歌，遂幽死。

諸吕用事兮劉氏微，迫脅王侯兮彊授我妃。我妃既妬兮誣我以惡，一故反。讒女亂國兮上曾不寤。我無忠良《史記》作「臣」。兮何故棄國？自決中野兮蒼天與《史記》作「舉」。直！于嗟不可悔兮寧早自財，爲王餓死兮誰者憐之？

呂氏絶理兮託天報仇。「仇」，古音渠之反，與財、之爲韻。○雖直賦其事，而語語稱情出之。《小弁》之外篇，得怨詩之正者。

朱虚侯章

齊悼惠王次子，呂太后元年，入宿衛封。文帝二年，以誅諸呂功，封城陽王。

耕田歌

耕一作種。

《史記》曰：諸呂擅權用事，朱虚侯劉章忿劉氏不得職。嘗入侍宴，太后令爲酒吏，章自請曰：臣將種也，請以軍法行酒。太后曰：可。酒酣，章進飲，歌舞，請爲《耕田歌》。頃之，諸呂有一人醉，亡酒，章追拔劍斬之。太后大驚，業已許其軍法，無以罪也。

深耕概種，豆苗欲疏。非其種一作類。者，鋤而去之。疏、去爲韻。○每讀是歌，輒壯其膽。追斬諸呂之亡者，鼓其餘勇裕如矣。

淮南王安

厲王長子，文帝時封爲淮南王。好書鼓琴，不喜弋獵，招致賓客方術之士。後與賓客左吴日夜爲反謀，事覺，廷尉逮捕，安欲發兵，猶豫未决。帝使宗正以符節治安，未至，安自刑。

八公操

一曰《淮南操》。《古今樂録》曰：淮南好道，正月上辛，八公來降，王作此歌。

煌煌上天，照下土兮。知我好道，公來下兮。亦真亦呆，曲肖其意。公將與予，生毛羽兮。超騰青雲，蹈梁甫兮。觀見瑶光，過北斗古音滴主反。兮。馳乘風雲，使玉女兮。含精吐氣，嚼芝草兮。悠悠將將，天相保兮。

燕刺王旦

武帝第四子。

歌二首

《漢書》曰：昭帝時，旦自以爲武帝子，且長，不得立，乃與旦姊蓋長公主、左將軍上官桀交通，謀廢帝迎立。燕倉知其謀，告之，由是發覺。王憂懣，置酒萬載宫，會賓客、羣臣、妃妾坐飲，王自歌，華容夫人起舞，坐者皆泣。王遂自殺。

王歌

歸空城兮，狗不吠，鷄不鳴。橫術何廣廣兮，固知國中之無人！「鳴」與「人」不通，然《易》《詩》《楚詞》亦間有之。〇末句似有咎其輔相之意。

華容夫人歌附

髮紛紛兮寘從千反。渠，骨籍籍兮亡居。母求死子兮妻求死夫。裴回兩渠間兮，君子將安居！華容此歌，之死靡悔矣。

廣陵厲王胥武帝第五子。

瑟歌

《漢書》曰：昭帝時，胥見帝年少無子，有覬欲心，迎女巫李女須，使下神呪詛。宣帝即位，呪詛事發覺，胥置酒顯陽殿，召太子霸及子女等夜飲，使所幸鼓瑟歌舞，王自歌，左右悉涕泣，奏酒至鷄鳴時罷。

欲久生兮無終，長不樂兮安窮！只泛泛就人壽不常説，視燕與廣川爲高。奉天期兮不得須臾，千里馬兮駐待路。黄泉下兮幽深，人生要死，何爲苦心！何用爲樂心所喜，出入無悰爲樂亟①。丘吏反。蒿里召兮郭門閲，死不得取代，庸身自逝。臾、路，平去通用。下，上去入通用。

【校】

①出入，通志館本作「入出」。

廣川王去繆王齊太子。

歌二首

《漢書》曰：廣川王去，以陽城昭信爲后；幸姬陶望卿爲修靡夫人，主繒帛；崔修成爲明貞夫人，主永巷。後昭信譖望卿，失寵。去與昭信等飲，諸婢皆侍，去爲望卿作歌曰「背尊章」，竟殺望卿。昭信欲擅愛，曰：王使明貞夫人主諸姬，淫亂難禁。乃盡閉諸姬舍門，上籥於后，非大置酒召不得見。去憐之，爲作歌曰「愁莫愁」。按《西京雜記》作廣川王去疾。

望卿歌

背尊章，嫖匹昭反。以忽。謀屈奇，起自絶。行周流，自生患。諒非望，今誰怨！觀二歌，似怒望卿而憐修成。

修成歌

愁莫愁，生無聊。心重結，意不舒。舒與愁、聊不通，此二句無韻，然漢人間有混用者，如《隴西行》用留字，陰長生用求、流、儔、休等字，而此詩則其作俑也。内茀鬱，憂哀積。上不見天生何益！日崔隤，時不再。願棄軀，死無悔。

太乙歌增

《史記·樂書》云：嘗得神馬渥洼水中，次以爲天馬之歌。

大乙貢兮天馬下，霑赤汗兮沫流赭。騁容與兮跐萬里，今安匹兮龍爲友。貢，《漢·志》作況。爲，一作與。此歌《樂府》諸集俱未載。

漢詩音注卷之二

頻陽李因篤子德　評
河濱李楷叔則　閱
洽陽王梓適菴　校

項羽

項羽名籍，沛國下相人也，先世世爲楚將。秦亂起兵，自稱西楚霸王，後爲漢高帝所滅。

垓下歌《樂府》作《力拔山操》。

《漢書》曰：高祖圍項羽垓下。是夜聞漢軍皆楚歌，驚曰：漢已得楚乎？起飲帳中。有美人姓虞氏，常從；駿馬名騅，常騎之。乃悲歌慷慨，自爲歌。歌數闋，美人和之，羽泣下數行。遂上馬，潰圍南出。平明，漢軍乃覺。

力拔山兮氣蓋世，時不利兮騅不逝。騅不逝兮可奈何！虞兮虞兮奈若何！

雄沈悱惻，與高帝《大風歌》相當。世儒以成敗論人，而太史公獨尊爲本紀冠漢上，千古具眼人也。○項王此歌，兼高、武之妙，深于漢者當自知之。

四皓東園公姓轅名秉，字宣明。綺里季姓朱名暉，字文季。夏黄公姓崔名廓，字少通。齊人。甪里先生姓周名述，字元道①，河内人。四人俱隱商山。

采芝操一作《紫芝歌》。

《古今樂録》曰：商山四皓隱居，高祖聘之，四皓不出，仰天嘆而作歌。崔鴻曰：四皓爲秦博士，遭世暗昧，坑黜儒術，于是退而作此歌。亦謂之《四皓歌》。

皓天嗟嗟，深谷逶迤。樹木莫莫，高山崔嵬。巖居穴處，以爲幄茵。曄曄紫芝，可以療飢。唐虞往矣，吾當安歸？與《采薇歌》曠世相感。

【校】

①元，通志館本作「先」。

紫芝歌一曰《四皓歌》。

莫莫高山，一作漠漠商洛。深谷逶迤。曄曄紫芝，可以療飢。唐虞世遠，吾將何歸？駟馬高蓋，其憂甚大。富貴之畏人兮，不若貧賤之肆志。一作富貴而畏人，不如貧賤而輕世。○四皓要亦自言其志，悠悠富貴中人利慾薰心，更以爲有所託寓也。

韋孟

諷諫詩

《漢書》曰：孟，魯國鄒人也。家本彭城，爲楚元王傅，傅子夷王及孫王戊。戊荒淫不遵道，孟作詩諷諫。後遂去位，徙家於鄒，又作一篇。孟卒于鄒，或曰其子孫好事，述先人之志而作是詩也。

肅肅我祖，國自豕韋。黼衣朱紱，四牡龍旂。彤弓斯征，撫寧遐荒。總齊羣邦，以翼大商。迭彼大彭，勳績惟光。至於有周，歷世會同。王赧聽譖，實絶我邦。我邦既絶，厥政斯逸。賞罰之行，非繇王室。庶尹羣后，靡扶靡衛。五服崩離，宗周以墜。我祖斯微，遷於彭城。在予小子，勤唉呼來、許其二反。厥生。阨此嫚秦，耒耜斯耕。悠悠嫚秦，上天不寧。乃眷南顧，授漢于京。

於赫有漢，四方是征。靡適不懷，萬國攸平。乃命厥弟，建侯于楚。俾我小臣①，惟傅是輔。矜矜元王，恭儉静一。惠此黎民，納彼輔弼。享國漸世，垂烈於後。迺及夷王，克奉厥緒。一作次。咨命不永，惟王統祀。左右陪臣，斯惟皇士。如何我王，不思守保？不惟履冰，以繼祖考。邦事是廢，逸遊是娛。犬馬悠悠，是放是驅。務此鳥獸，忽此稼苗。烝民以匱，我王以媮。所弘匪德②，所親匪俊。惟囿是恢，惟諛是信。睮睮諂夫，諤諤黄髮。如何我王，曾不是察？既藐下臣，追欲縱逸。嫚彼顯祖，輕此削黜。嗟嗟我王，漢之睦親。曾不夙夜，以休令聞。穆穆天子，照臨《漢書》作臨邇。下土。明明羣司，執憲靡顧。正遐由近，殆其怙兹。《文選》作兹怙。嗟嗟我王，曷不斯思？匪思匪監，嗣其罔則。彌彌其逸，岌岌其國。致冰匪霜，致墜匪嫚。瞻惟我王，時《漢書》作昔。靡不練。興國救顛，孰違悔過。追思黄髮，秦繆以霸。「霸」古音博故反，不與「過」通，此詩亂之。歲月其徂，年其逮耇。於赫《漢書》作普。君子，庶顯於後。我王如何，曾不斯覽？音濫。黄髮不近，胡不時鑒！覽、鑒上去通用。

○以韋公四言繼毛詩之後，直得其神理，非可以聲音笑貌求之也。○忠謨匡王，雅調冠時，韋詩兼而有之。○語質情深，大、小《雅》之匹亞。○其尤佳處在時有創闢，爲兩漢、魏人開山。

【校】

①小，通志館本作「少」。

②弘，通志館本作「私」。

在鄒詩

微微小子，既耇且陋。豈不幸位，穢我王朝。王朝肅清，唯俊之庭。顧瞻余躬，懼穢此征。怨而不怒，《小雅》之林。我之退征，請于天子。天子我恤，矜我髮齒。赫赫天子，明哲且仁。懸車之義，以洎小臣。嗟我小子，豈不懷土？庶我王寤，越遷于魯。婉折。既去禰祖，惟懷惟顧。祁祁我徒，戴負盈路。爰戾于鄒，鬍翦同。茅作堂。我從一作徒。我環，築室于墻。我既遷折，心存我舊。夢我瀆上，立于王朝。其夢如何？夢爭王室。其爭如何？夢王我弼。寤其外邦，歎其喟然。念我祖考，泣涕其漣。微微老夫，咨既遷絶。洋洋仲尼，視我遺烈。濟濟鄒魯，禮義唯恭。誦習絃歌，于異他邦。我雖鄙耇，心其好而。我徒侃爾，樂亦在而。陋、舊二字皆與朝韻，平去通用，但陋古音魯故反，舊古音忌，此詩亂其部矣。

東方朔

字曼倩，平原厭次人。武帝時待詔公車，以詼諧自見，稍得親近。累遷大中大夫、給事中。

誡子詩

《漢書》取前十句爲東方《贊》。

明者處世，莫尚於中。優哉游哉，於道相從。首陽爲拙，柳惠爲工。飽食安步，以仕代農。依隱玩世，詭時不逢。才盡身危，好名得華，有累羣生。孤貴失和，遺餘不匱，自盡無多。聖人之道，一龍一蛇。形見神藏，與物變化。隨時之宜，無有常家。化，古音毀何反。〇華、家二字古與歌、戈韻不通，其亂之則自此詩及司馬相如《上林賦》始。〇曼倩自爲寫真，非其人正未許藉口。詩之去古未遠，與二韋同歸矣。

霍去病大將軍衛青姊子也。善騎射，再從大將軍，爲票姚校尉，封冠軍侯。後爲票騎將軍，數征匈奴。有功，益封萬二千户，爲大司馬。

琴歌

《古今樂録》曰：霍將軍去病益封萬五千户，秩禄與大將軍等，於是志得意歡而作歌。按《琴操》有《霍將軍渡河操》，去病所作也。

四夷既護，一作獲。諸夏康兮。國家安寧，樂無一作未。央兮。載戢干戈，弓矢藏兮。麒麟來臻，鳳凰翔兮。與天相保，永無疆兮。親親百年，各延長兮。《柏梁詩》帝及諸王公各一句，大將軍青又代嫖姚，乃得二句。及嫖姚是篇，皆殫於其職。渾雄不可端倪，未易才也。

司馬相如字長卿，成都人。以貲爲郎，事孝景帝，爲武騎常侍，因病免。後武帝召爲郎，以詞賦得幸。常有消渴病，既免，家居茂陵。史稱其多識博物，蔚爲辭章賦頌之首。

封禪頌

《史記》曰：長卿病甚，武帝使所忠往求其書。及至，長卿已卒。其妻曰：長卿未死時，爲一卷書，曰：有使來求書，奏之。其遺扎書言封禪事，所忠奏焉。

自我天覆，雲之油油。甘露時雨，厥壤可游。滋液滲漉，何生不育。嘉穀六穗，我穡曷蓄。非惟雨之，又潤澤之。非惟徧之，我《史記》無我字。氾布濩之。萬物熙熙，懷而慕思。名山顯位，望君之來。不曰功成有封，而曰名山顯位望君之來。善于立言，而斯行乃不可已矣。君乎君乎，侯不邁哉。般般之獸，樂我君圃。一作囿。白質黑章，其儀可嘉。旼旼音旻。穆穆，君子之能。《漢書》作態。蓋聞其聲，今觀其來。厥塗靡蹤，《漢書》作從。天瑞之徵。兹亦於舜，虞氏以興。濯濯之麟，遊彼靈畤。孟冬十月，君徂郊祀。馳我君輿，帝用享祉。三代之前，蓋未嘗有。宛宛黄龍，興德而升。采色炫耀，熿《漢書》作煥。炳煇煌。正陽顯見，覺悟黎蒸。於傳載之，云受命所乘。厥之有章，不必諄諄。依類託寓，述其美則不盡，虚括一言，含蘊自深。諭以封巒。此頌《周詩遺軌》亦載，分四章，未知何據。按史稱相如爲詞章賦頌之首，而世俗所傳止《琴歌》二章，殊非雅製，此篇典則瑰奇，得《雅》《頌》遺聲，故特著之。○澤，古音鐸，轉去聲則徒故反，與護韻。圃，當作囿。嘉，當作喜。能，古音奴來反。有，古音羽鬼反。邁亦可作韻，平去通用。○北海稱爲《雅》《頌》遺聲，不愧斯語。○視韋詩奥闢。吾觀漢人郊祀、鐃歌皆類是篇，《禮樂志》亦云「多舉相如等數十人造爲詩賦」，蓋漢之變質而奥，雖稍遜於周，然其俯視萬古，亦正以奥得之，後惟魏武庶幾焉，固當推長卿創始矣。○非惟四句句法妙甚，置之《風》《雅》中不能辨。

琴歌二首

《漢書》曰：司馬相如客臨邛，富人卓王孫爲具召之，相如時從車騎，雍容閒雅甚都。卓有女文君新寡，相如以琴心挑之，文君竊從户窺，心悦而好之，乃夜亡奔相如，相如與馳歸成都。

鳳兮鳳兮歸故鄉，遨遊四海求其凰。時未遇兮無所將，何悟今夕兮升斯堂。有艷淑女《玉臺》有「兮」字。在閨房，室邇人遐毒我腸。何緣交頸爲鴛鴦，胡頡頏兮共翱翔。

鳳兮鳳兮從我棲，得託孳尾永爲妃。交情通體《玉臺》作「意」。心和諧，句俚。中夜相從知者誰。雙翼俱起翻高飛，無感我思《玉臺》作「心」。使余悲。二詩頗淺，豈長卿初見文君，未知其才，疑其婦人而示之易解邪？

蘇武字子卿，京兆人。武帝天漢二年，以中郎將使匈奴，十九年不屈節。會昭帝與匈奴和親，得歸漢，拜爲典屬國。宣帝神爵二年卒。

詩四首

骨肉緣枝葉，結交亦相因。發端二句，便見其鄭重纏綿。○逸注狃于起句，必謂别弟之作，固哉高叟之爲詩也。四海皆兄弟，誰爲行路人。況我連枝樹，與子同一身。昔爲鴛與鴦，今爲參與辰。昔者常相近，邈若胡與秦。惟念當乖離，恩情日以新。鹿鳴思野草，可以喻嘉賓。我有一尊酒，欲以贈遠人。願子留斟酌，叙此平生親。懷往感别，相夾出之，而語意則促于臨岐，結云「叙此平生親」迴抱上文，章法妙絶。

結髮爲夫妻，恩愛兩不疑。歡娱在今夕，燕婉及良時。征夫懷往路，起視夜何其。音基。參辰皆已没，去去從此辭。行役在戰場，相見未有期。握手一長歎，淚爲生别滋。努力愛春華，莫忘歡樂時。生當復來歸，死當長相思。《玉臺新詠》作《留别妻》。○語質而情悲，《二南》之遺響也。

黄鵠一遠别，千里顧徘徊。胡馬失其羣，思心常依依。何况雙飛龍，羽翼臨當乖。幸有絃歌曲，可以喻中懷。請爲遊子吟，泠泠一何悲。絲竹厲清聲，慷慨有餘哀。長歌正激烈，中心愴以摧。欲展清商曲，念子不得歸。俛仰内傷心，淚下不可揮。願爲雙黄鵠，送子俱遠飛。此首稍爲錯雜，而大段看之，仍自不傷。

燭燭晨明月，馥馥我《補注》曰：當作「秋」。蘭芳。芬馨良一作長。夜發，隨風聞我堂。征夫懷遠路，遊子戀故鄉。寒冬十二月，晨起踐嚴霜。俯觀江漢流，仰視浮雲翔。良友遠别離，各在天一方。山海隔中州，相去悠且長。嘉會難再遇，歡樂殊未央。願君一作言。崇令德，隨時愛景光。寬寬説起四句，征夫一聯，則與都尉各有苦衷，因見佳晨芳草非二人所戀戀也。「寒冬」至「浮雲翔」就征夫説，「良友」六句合説①，末句以遊子結，結構秩然。○滄浪論詩，首黜議論。即如屬國四篇，只渾渾傷離叙别，絶無一感慨語，况詡己之高義、風陵之陷身乎？古詩高處正在此。○論者以蘇李詩爲五言之祖，或又摘《尚書》「五子之歌」與《毛詩》中五言單句，謂不始于蘇李。要其創體成篇，則權輿二公，而其後遂有古詩十九首諸章，咸取則焉。魏晉以後，五言盛而《風》《雅》漸微，源流固不可誣也。○屬國與都尉獨出匠心，變《風》《雅》爲五言，深厚和平，具存六義，而風神藴藉，忽標新裁，視兩京之倣爲《毛詩》者，殆將過之。故屈宋之騷歌、蘇李之五言，皆葩經嫡傳宗子也。○今之詩人，諸體略備，予竊謂能殫心五古，他體雖缺，則詩人也。諸體森然，而五古未稱純詣，猶之半詩人也，固當奉蘇李爲開山矣。○杜陵云「李陵蘇武是吾師」，又「詩看子建親」，章程如此。○以蘇李視建安、黄初，則詩人之賦典以則矣，况江左而後乎？

【校】

①友，底本原作「夜」，據正文及通志館本改。

李陵

字少卿，廣之孫也，爲騎都尉。天漢中，將步卒五千擊匈奴，轉鬬矢盡，遂降虜，單于以女妻之，立爲右校王。在匈奴二十餘年，卒。○《詩品》曰：李陵詩，其源出于《楚辭》。文多悽愴，怨者之流。陵名家子，有殊才，生命不諧，聲頹身喪。使陵不遭辛苦，其文亦何能至此？

與蘇武詩三首

良時不再至，離别在須臾。屏營衢路側，執手野踟蹰。仰視浮雲馳，奄忽互相踰。風波一失所，各在天一隅。拈時帶景，無一語不在見前。樸淡渾深，千古絶唱。長當從此别，且復立斯須。欲因晨風發，送子以賤軀。送子以賤軀，他何足與言？與

「送子俱遠飛」同，非僅戀戀岐路也。

攜手上河梁，遊子暮何之？徘徊岐路側，悢悢一作恨恨。不能辭。命意孤高，敷詞婉至。以此追《風》續《雅》，真得其神矣。行人難久留，各言長相思。安知非日月，弦望自有時。努力崇明德，皓首以爲期。有此深厚，居然《風》《雅》矣。

嘉會難再遇，三載爲千秋。臨河濯長纓，念子一作别。悵悠悠。三篇語意漸緊，而急處却宕得開。故迫而能舒，可通絲竹。遠望悲風至，對酒不能酬。行人懷往路，何以慰我愁。獨有盈觴酒，與子結綢繆。上云對酒不能酬，又曰獨有盈觴酒。忽而酒爲無用，忽而復託之以酒，寫出瀕别哀亂無聊。蓋初因悲風促離，其情若有深于酒者，而征人長往，舍此物更無以寄綢繆也。○唐以前論古詩，多專取都尉，可羣可怨，于屬國爲純。○都尉三章，舊主在北送子卿南還作。或以河梁病其僞，謂塞外水多氾濫，安得有梁？友人于密菴云：此送蘇出使之詩，少卿尚未戰也。看其語意良是。○看良時難再至與嘉會句，似送蘇出使之説爲長；而臨河濯纓又似塞外，蓋水清則濯纓，塞外河皆清流故也。

别歌

《漢書》曰：昭帝即位數年，匈奴與漢和親。漢使求蘇武等，單于許武還，李陵置酒賀武曰：

異域之人，一別長絶。因起舞而歌，泣下數行，遂與武決。

徑萬里兮渡沙漠，爲君將兮奮匈奴。路窮絶兮矢刃摧，士衆滅兮名已隤。老母已死，雖欲報恩將安歸！漠，去聲，則音暮，與奴韻，平入通用。○直述其情，悲而怨矣。

李延年

中山人，故倡也。坐法腐刑，給事狗監中。善歌，爲新變聲，所造詩謂之新聲曲。女弟李夫人，得幸于武帝，延年由是貴，爲協律都尉。

歌一首

《漢書·外戚傳》曰：李延年性知音，善歌舞，武帝愛之。延年侍上，起舞歌云云。上歎息曰：世豈有此人乎？平陽主因言延年有女弟，上召見之，實妙麗善舞，由是得幸。

北方有佳人，絶世而獨立。一顧傾人城，再顧傾人國。寧不知傾城與傾國，佳人難再得！首二句無韻。○一轉入神，寫傾城傾國俱直。

楊惲字子幼，宣帝時人，以兄忠任爲郎。霍氏謀反，惲先以聞，封平通侯，遷中郎將。惲居殿中，廉潔無私，然伐其行治，又好發人陰伏，由是多怨。與太僕戴長樂相失，長樂上書告惲罪，免爲庶人，後坐怨望誅。

拊缶歌

《漢書》惲答孫會宗書云：田家作苦，歲時伏臘，亨羊炰羔，斗酒自勞。家本秦也，能爲秦聲，婦趙女也，雅善鼓瑟，奴婢歌者數人。酒後耳熱，仰天拊缶而呼烏烏，其歌曰。

田彼南山，蕪穢不治。種一頃豆，落而爲萁。人生行樂耳，須富貴何時！詩固憤甚，漢法則中以深文矣。田音甸。

韋玄成字少翁，孟六世孫。以明經擢爲諫議大夫，遷大河都尉。後繼父爵爲扶陽侯，累遷太常。坐楊惲黨友，免官。

自劾詩

《漢書》曰：玄成以列侯侍祀孝惠廟①，當晨入廟，天雨淖，不駕駟馬車，而騎至廟下，有司劾奏，等輩數人，皆削爵爲關内侯。玄成自傷貶黜父爵，作詩自劾責。

赫矣我祖，侯于豕韋。賜命建伯，有殷以綏。厥績既昭，車服有常。朝宗商邑，四牡翔翔。德之令顯，慶流于裔。宗周至漢，羣后歷世。肅肅楚傅，輔翼元夷。厥駟有庸，惟慎惟祇。嗣王孔佚，越遷于鄒。五《漢書》作「至」。世壙僚，至我節侯。維我節侯，顯德遐聞。左右昭宣，五品以訓。既耇致位，惟懿惟奐。厥賜祁祁，百金洎館。國彼扶陽，在京之東。惟帝是留，政謀是從。繹繹六轡，是列是理。威儀濟濟，朝享天子。天子穆穆，是宗是師。四方遐邇，觀國之煇。茅土之繼，在我俊兄。惟我俊兄，是讓是形。於休厥德，於赫有聲。致我小子，越留于京。惟我小子，不肅會同。媠彼車服，黜此附庸。赫赫顯爵，自我墜之。微微附庸，自我招之。誰能忍媿，寄之我顏。誰將遐征，從之夷蠻。刺肌入骨，而詞自雅馴。於赫三事，匪俊匪作。於蔑小子，終焉其度。誰謂華高，企其齊而。誰謂德難，厲其庶而。《風》《雅》中德音也。豈惟句法之妙。嗟我小子，于貳其尤。隊彼令聲，申此擇辭。四方羣后，我監我視。威儀車服，惟肅是履。「訓」與「聞」平去通用。兄，古音虛王反。京，古音疆，與「形」「聲」不通，此亂之。尤，古音羽其反。〇漢爲四言者不數家，韋氏乃有其二。少翁是作，叙次甚佳。懷祖責躬，有典有則。同稱周詩之似續，不愧楚相之箕裘矣。〇子建《責躬詩》脱胎于此。

【校】

① 祀，通志館本作「祠」。

戒子孫詩

《漢書》曰：元帝即位，以玄成爲少府，遷太子太傅，至御史大夫。永光中，代于定國爲丞相。貶黜十年之間，遂繼父相位，封侯故國，榮當世焉。玄成復作詩，著復玷缺之艱難，因以戒示子孫。

於肅君子，既令厥德。儀服此恭，棣棣其則。咨予小子，既德靡逮。曾是車服，荒嫚以隊。明明天子，俊德烈烈。不遂我遺，恤我九列。我既兹卹，惟夙惟夜。畏忌是申，供事靡惰。天子我監，登我三事。顧我傷隊，爵復我舊。我既此登，望我舊階。先后兹度，漣漣孔懷。司直御事，我熙我盛。

羣公百僚，我嘉我慶。于異卿士，非我同心。三事惟艱，莫我肯矜。赫赫三事，力雖此畢。非我所度，退其罔日。昔我之隊，畏不此居。基庶反。今我度兹，戚戚其懼。唯一作嗟。我後人，命其靡常。靖共爾位，瞻仰靡荒。慎爾會同，戒爾車服。無媠爾儀，以保爾域。句古而雋，其于《雅》《南》潛有會心，可謂承其家學矣。爾無我視，不慎不整。我之此復，惟禄之幸。於戲後人，惟肅惟栗。無忝顯位，以蕃漢室。結得老甚，義大而詞昌。夜，古音羊茹反，與「惰」不通，此亂之。舊，古音忌。矜，古音居銀反，不知此何以通「心」。○章法錯綜，彌見其整。語意震動，彌形其恭。垂戒甚深，頡頏前作。

息夫躬字子微，河陽人。哀帝初，躬與孫寵誣構東平王雲祠祭咒詛事，上擢躬爲左曹給事，封宜陵侯。又歷詆公卿，上疏論事，語皆險譎，丞相、御史奏躬辠過，免官。坐怨恨咒詛，繫詔獄。躬仰天大呼，絶咽而死。

絶命詞

《漢書》曰：躬初待詔，數危言高論，自恐遭害，著《絶命詞》。後數年乃死，如其文。

玄雲泱鬱，將安歸兮。鷹隼橫厲，鸞徘徊兮。矰若浮猋，動則機兮。叢棘棧棧，曷可棲兮。發忠忘身，自繞罔兮。冤頸折翼，庸得往兮。涕泣流兮萑蘭，心結帽兮傷肝。虹蜺曜兮日微，孽宵冥兮未開。痛入天兮嗚呼，冤際絶兮誰語。仰天高兮自列，招上帝兮我察。秋風爲我吟，浮雲爲我陰。嗟若是兮欲我留，撫神龍兮攬其須。遊曠迥兮反亡期，雄失據兮世我思。「呼」「語」平去通用。「留」與「須」不通，此亂之。○按其人則危言，讀其詩則高論也。

唐山夫人 高帝姬。韋昭曰：唐山，姓也。

安世房中歌 十六章

《漢書·禮樂志》曰：漢房中祠樂，高祖唐山夫人所作也。周有房中樂，至秦改名曰壽人。凡樂，樂其所生，禮不忘其本，高祖樂楚聲，故房中樂楚聲也。孝惠二年，使樂府令夏侯寬備其簫管，更名《安世樂》。

大孝備矣，休德昭清。高張四縣，音懸。樂充宮庭。芬樹羽林，雲景杳冥。金支秀華，庶旄翠旌。從大孝起，可謂合萬國之懽心，以事其先王，探驪得珠手也。芬樹四句，煇煌窅幻，如見其來。

七始華始，肅倡和聲。神來晏娭，嬉。庶幾是聽。粥粥音送，細齊側皆反。人情。寫出聲音感格神理。忽乘青玄，熙事備成。清思眑眑，經緯冥冥。

我定曆數，人告其心。敕身齋戒，施教申申。不曰協人情而曰人告其心，推深一層，承之以敕身施教，端本而化矣。乃立祖廟，敬明尊親。大矣孝熙，四極爰轃。首二句無韻。

王侯秉德，其鄰翼翼。顯明昭式，清明鬯矣。皇帝孝德，竟全大功，撫安四極。高帝戡亂大功本之孝德，是何等識力！

海内有姦，紛亂東北。詔撫成師，武臣承德。行樂交逆，簫勺羣慝。肅爲濟哉，蓋定燕國。獨舉定燕，要其終而言之。○處處有創獲新義。

大海蕩蕩水所歸，高賢愉愉民所懷。《毛詩》中七言成句有之，此獨雄整婉至。托義極大，橫絶古今。大山崔，百卉殖。民何貴，貴有德。安其所，樂終産。樂終産，世繼緒。「所」「緒」韻。二「産」亦可爲韻。《毛詩》有此體。飛龍秋，游上天。高賢愉，樂民人。

豐草葽，女羅施。善何如，誰能回。「施」古與「回」不通，此亂之。大莫大，成教德。長莫長，被無極。

雷震震，電耀耀。明德鄉，治本約。治本約，澤弘大。加被寵，咸相保。德施大，世曼壽。「大」似讀如「唾」，然古無此音。

都荔遂芳，窅窊桂華。孝奏天儀，若日月光。乘玄四龍，回馳北行。大而益麗，不浮不纖，郊祀十九篇多於是取則。羽旄殷盛，芬哉芒芒。孝道隨世，我署文章。「桂華」「窅窊」二句無韻。

馮馮翼翼，承天之則。吾易久遠，燭明四極。慈惠所愛，美若休德。杳杳冥冥，克綽永福。美芳。劉奉世曰：「桂華」「美芳」皆二詩章名，本側注在前篇之末，傳寫之誤，遂以冠後。詞無「美芳」。亦當作「美若」。

磑磑即即，師象山則。嗚呼孝哉，案撫戎國。蠻夷竭歡，象來致福。兼臨是愛，終無兵革。形容曲盡。于奏文亂武之間，一推本孝思。終之曰「兼臨是愛，終無兵革」，則美其成功也。

嘉薦芳矣，告靈饗矣。句法妙。告靈既饗，德音孔臧。惟德之臧，建侯之常。承一作永。保天休，令問不忘。平上通爲一韻。

皇皇鴻明，蕩侯休德。「蕩侯休德」，宛見封建諸邦，歸馬放牛，與天下休養至意。嘉承天和，伊樂厥福。在樂不荒，惟民之則。「在樂不荒，惟民之則」，樂之卒也，必致誡焉。浚則師德，下民咸殖。令問在舊，孔容翼翼。《漢書》自「浚」以下別爲一章，今從《樂府》。

孔容之常，承帝之明。下民之樂，子孫保光。承順温良，受帝之光。嘉薦令芳，壽考不忘。

承帝明德，師象山則。雲施稱民，永受厥福。承容之常，承帝之明。下民安樂，受福無疆。此二章則因樂致祝之詞，飲福以後事也。《雅》什多如是。〇漢興，去古未遠，著作巍然，而廟祀大章，乃出婦人之手。既典以則，亦大亦清。變化參差，諸體略備。即令二章草創，枚、馬潤色，當無以加也。

戚夫人

舂歌一作《永巷歌》。

《漢書・外戚傳》曰：高帝得定陶戚姬，愛幸，生趙隱王如意。惠帝立，吕后爲皇太后，迺令永巷囚戚夫人，髡鉗衣赭衣，令舂。戚夫人舂且歌，太后聞之大怒曰：乃欲倚子耶？召趙王殺之，戚夫人遂有人彘之禍。

子爲王，母爲虜。終日舂薄暮，自傷在「終日舂」一句，如聽其聲。常與死爲伍。相離三千里，當誰使告汝？

烏孫公主

悲愁歌

《漢書・西域傳》曰：武帝元封中，遣江都王建女細君爲公主，以妻烏孫王昆莫。公主至其國，自治宫室居，歲時一再與昆莫會，置酒飲食。昆莫年老，言語不通。公主悲，乃自作歌。

吾家嫁我兮天一方，遠托異國兮烏孫王。穹廬爲室兮氈爲墻，以肉爲食兮酪爲漿。居常土思兮心内傷，願爲黄鵠兮歸故鄉！觀此知《十八拍》之淺。細君之悲，有甚于此者，俱渾然言外。歌詞最古，遒健哀惻，一語不雜，尤在明妃《怨詩》之上。

趙飛燕本長安宫人，屬陽阿主家，學歌舞。成帝過主，見而説之，召入爲倢伃，後立爲后。

歸風送遠操

《西京雜記》曰：趙后有寶琴曰鳳皇，皆以金玉隱起，爲龍鳳螭鸞、古賢列女之象，亦善爲《歸風送遠》之操。

涼風起兮天隕霜，懷君子兮渺難望，感予心兮多慨慷。竟似楚《騷》一段，耽耽與高、武爭雄矣。

班婕妤

左曹越騎校尉況之女。少有才學，成帝選入宫，以爲婕妤。後趙飛燕譖其呪詛，考問之，上善其對，遂求供養太后長信宫。○《詩品》曰：婕妤詩，其源出于李陵。《團扇》短章，詞旨清絶，怨深文綺，得匹婦之致。侏儒一節，可以知其工矣。

怨歌行

新裂一作製。齊紈素，皎一作鮮。潔如霜雪。裁成一作爲。合歡扇，團團一作團圓。似明月。出入君懷袖，動摇微風發。常恐秋節至，涼飈一作風。奪炎熱。棄捐篋笥中，恩情中道絶。團扇之歌，怨而不亂。

虞美人

答項王楚歌

《困學紀聞》曰：太史公述楚漢春秋，其不載于書者。《正義》云：項羽歌，美人和之，云云。

是時已爲五言矣。五言始於《五子之歌》《行露》。

漢兵已略地，四面楚歌聲。大王意氣盡，賤妾何聊生。已似六朝初盛唐絶句，要存其人可耳。太史公但云美人和之，當與「必使反之，而後和之」一義，非必另有歌詞也。

卓文君

白頭吟《樂府》作《古辭》。

《西京雜記》曰：司馬相如將聘茂陵人女爲妾，文君作《白頭吟》以自絶，相如乃止。

皚如山上雪，皎若雲間月。起得超忽，匪夷所思。聞君有兩意，故來相決絶。此云「有兩意」，下曰「一心人」，照應自然。○「有兩意」，措詞雅甚。今日斗酒會，明旦溝水頭。躞蹀御溝上①，溝水東西流。溝水之離，起于斗酒。今日、明旦，喻其無常也。淒淒復淒淒，嫁娶不須啼。願得一心人，白頭不相離。竹竿何嫋嫋，魚尾何簁簁。「竹竿」二句，長卿《釣竿》本曲中語，詳見予注。男兒重意氣，何用錢刀爲！何用錢刀，正見長卿以此易其初心。富易交，貴易妻，千古薄情，借文君痛斥之。離，古音羅。爲，古音謞。不入支韻，此亂之。○長卿文賦雄古今，而詩章獨缺。封禪之頌，別一體裁；《琴歌》真贗未可知；郊祀、鐃歌諸篇，亦無明據。文君此曲，旨厚而詞清。哀而不傷，怨而不怒，得風人之婉切，與蘇、李並驅矣。○右一曲本辭。

皚如山上雪，皎如雲間月。聞君有兩意，故來相決絶。一解。平生共城中，何嘗斗酒會。增「平生」二句妙。設非斗酒之會，何至有溝水之别？而下又假郭外兩樵，見極親則易疎，反不若淡者之能久也。今日斗酒會，明旦溝水頭。蹀躞御一作向。溝上，溝水東西流。二解。郭東亦有樵，郭西亦有樵。兩樵相推與，無親爲誰驕。三解。以親生驕，驕而能終者鮮矣。淒淒重淒淒，嫁娶亦不啼。願得一心人，白頭不相離。四解。竹竿何嫋嫋，魚尾何離簁。男兒欲相知，何用錢刀爲！齩如「如」字或下有五字。馬噉萁，川上高士嬉。「齩如」二句，奏《樂府》判其終始言之。詳見予注。今日相對樂②，延年萬歲期。五解。○右一曲晉樂所奏。

【校】

① 躞蹀，通志館本作「蹀躞」。

② 對，通志館本作「將」。

王昭君名嬙，漢宫人。元帝時匈奴入朝，以嬙配之，號寧胡閼氏。

怨詩

漢元帝後宫既多，不得常見，乃使畫工圖其形，按圖召幸。宫人皆賂畫工，昭君自恃其貌，獨不與，乃惡圖之。及後匈奴入朝，選美人配之，昭君之圖當行。及入辭，光彩射人，悚動左右。天子方重信外國，悔恨不及。窮按其事，畫工有杜陵毛延壽棄市，籍其資財。昭君在胡，作詩以怨思云。

秋木萋萋，其葉萎黄。有鳥處山，集于苞桑。養育毛羽，形一作儀。容生光。既得升雲，上遊曲房。離宫絶曠，身體摧藏。善于立言。志念抑沉，不得頡頏。雖得委食，心有徊徨。我獨伊何，來一作改。往變常。翩翩之燕，遠集西羌。高山峨峨，河水泱泱。父兮母兮，道里悠長。嗚呼哀哉，憂心惻傷。

《明妃曲》後人紛紛擬之，刺漢譏羌，徒自見其多事。觀本詞之流連義命，措語和平，知後世皆淺夫也。

漢詩音注卷之三

頻陽李因篤子德　評
三原孫枝蔚豹人　閱
洽陽王梓適菴　　校

靈帝

諱宏，河間孝王之曾孫。先封解瀆亭侯，桓帝崩，竇武迎立，在位二十二年。

招商歌

《拾遺記》：靈帝初平三年，遊于西園，起裸遊館千間。采緑苔而被階，引曲水以繞砌，周流澄澈，乘船遊漾。選玉色宫人執篙楫，又奏招商之曲以來涼風，歌曰。

涼風起兮日照渠，青荷晝偃葉夜舒。《拾遺記》：渠中植蓮，大如蓋，長一丈，南國所獻。其葉夜舒晝捲，名夜舒荷。惟日不足樂有餘，清絲流管歌玉凫。曲名。千年萬歲嘉難踰。行樂詞，不但以來涼風也。

東平憲王蒼光武子。

武德舞歌詩山、文韻。

《東觀漢記》曰：明帝永平三年八月，公卿奏世祖廟舞名。東平王蒼議以漢制宗廟各奏其樂，不皆相襲。光武皇帝撥亂中興，武功盛大，廟樂舞宜曰大武之舞。乃進《武德舞歌詩》，遂用之于光武廟焉。

於穆世廟，肅雍顯清。俊乂翼翼，秉文之成。越序上帝，駿奔來寧。建立三雍，封禪泰山。章明圖讖，放唐之文。休矣惟德，罔射協同。本支百世，永保厥功。

鋪叙文治，竟于撥亂中興，絶少發揮。豈言其成功宜爾邪？

馬援字文淵，扶風茂陵人。爲漢伏波將軍，征交趾。緣海而進，隨山刊道千餘里。十八年軍至，始平之，封新息侯。後征武陵蠻，卒于軍。

武溪深行

崔豹《古今注》云：《武溪深》，馬援爲南征之所作。援門生袁寄生善吹笛，援作歌以和之。

滔滔武溪一何深！鳥飛不渡，獸不敢《古今注》作「能」。臨。嗟哉武溪《古今注》有「兮」字。多毒淫！如是而止，不言其功。

梁鴻字伯鸞，平陵人。家貧而尚節介，隱居霸陵山中。後居吴，臯伯通舍之于家。鴻潛避，著書十餘篇，卒于吴。

五噫歌芒、京、央韻。

《後漢書》曰：梁鴻東出關，過京師，作《五噫》之歌。肅宗聞而悲之，求鴻不得。

陟彼北芒一作邙。兮，噫。顧瞻一作覽。帝京兮，噫。宫闕崔巍兮，噫。民之劬勞兮，噫。遼遼未央兮，噫。「宫闕」二句無韻。○只「民之劬勞」一句微涉于風，未足干明主之威也。且肅宗長者，史但曰聞而悲之，求鴻不得耳。伯鸞高隱者流，嘉遯自其本懷，豈必避禍而去乎？王子安顧謂竄之東海，後世相承用之矣。

適吴詩

《漢書》曰：鴻易姓運期，名燿，字侯光，與妻子居齊魯之間。有頃，又去適吴。將行，作詩曰。

逝舊邦兮遐征，將遥集兮東南。詘屈飄蕭，似有不可告語之故。心惙怛兮傷悴，忘一作志。菲菲兮升降。欲乘策兮縱邁，疾吾俗兮作讒。競舉枉兮錯直，咸先佞兮唌唌。固靡慚兮獨建，冀異州兮尚賢。聊逍遥兮遨嬉，纘仲尼兮周流。儻云覿兮我悦，遂舍車兮即浮。過季札兮延陵，求魯連兮海隅。雖不察兮光貌，幸神靈兮與休。惟季春兮華阜，麥含英兮方秀。哀茂時兮逾邁，愍芳香兮日臭。悼我心兮不獲，長委結兮焉究。二語淡而悲，入《離騷》不能辨之矣。口囂囂兮余詘，嗟恇恇兮誰留？「南」「讒」韻。「降」字不入韻。「隅」不與「流」「浮」「休」通，此亂之。以下平上去通用。

思友詩 一作《思高恢》。

《漢書》曰：鴻友人京兆高恢，少好《老子》，隱于華陰山中。及鴻東遊，思恢作詩，二人遂不復相見。恢亦高抗，終身不仕。

鳥嚶嚶兮友之期，以興起。念高子兮僕懷思。想念恢兮爰集兹。

班固

字孟堅，顯宗時除蘭臺令史，遷爲郎，後遷玄武司馬，以母喪去官。永元初，大將軍憲征匈奴，以爲中護軍。諸子多不遵法，憲敗，免官，洛陽令种兢捕繫固，遂死獄中。

明堂詩

固作《東都賦》，系此五詩。

於昭明堂，明堂孔陽。聖皇宗祀，穆穆皇皇。上帝宴饗，五位時序。誰其配之？世祖光武。普天率土，各以其職。猗與緝熙，允懷多福。孟堅自詡五詩，然我用我法，視二章有古今之感。

辟雍詩

乃流辟雍，辟雍湯湯。聖皇莅止，造舟爲梁。皤皤國老，乃父乃兄。抑抑威儀，孝友光明。於赫太上，示我漢行。洪化惟神，永觀厥成。「成」字不入上韻。

靈臺詩

乃經靈臺，靈臺既崇。帝勤時登，爰考休徵。三光宣精，五行布序。習習祥風，祁祁甘雨。百穀蓁蓁，庶草蕃廡。一作蕪。屢惟豐年，於皇樂胥。首二句無韻。

寶鼎詩

嶽修貢兮川效珍，寫得大而非誕，佳語也。吐金景兮歊浮雲。寶鼎見兮色紛縕，煥其炳兮被龍文。登祖廟兮享聖神，昭靈德兮彌億年。

白雉詩

啓靈篇兮披瑞圖，獲白雉兮效素烏。嘉祥阜兮集皇都①，發皓羽兮奮翘英。容潔朗兮於純精，彰皇德兮侔周成。永延長兮膺天慶。「慶」古音羌，或遥與「英」韻，「英」古音央。《毛詩》有此體。

【校】

① 皇，底本原作「黃」，據通志館本改。

郊祀靈芝歌見《太平御覽》。

《漢書》曰：班固頌漢，論功歌詩，《靈芝》歌曰。

因露寢兮産靈芝。「因」字寫得有情。象三德兮瑞應一作「應瑞」圖，延壽命兮光此都。配上帝兮象大微，參日月兮揚光輝。

詠史《詩品》曰：孟堅才流，而老于掌故。觀其《詠史》，有感嘆之詞。

三王德彌薄，惟後用肉刑。太倉令有罪，就逮長安城。自恨身無子，困急獨煢煢。小女痛父言，死者不可生。上書詣闕下，思古歌鷄鳴。一作「上書詣北闕，闕下歌鷄鳴」。憂心摧折裂，晨風揚激聲。通篇實叙，忽宕二句，便悚觀。聖漢孝文帝，惻然感至情。百男何憒憒，不如一緹縈！孟堅《明堂》五首，未見其佳。此篇古質不雜，得漢人本趣矣。

傅毅

字武仲，扶風茂陵人。建初中，肅宗以毅爲蘭臺令史，拜郎中，與班固、賈逵共典校書。後爲竇憲記室，遷司馬，卒。

迪志詩

《漢書》曰：毅永平中於平陵習章句，因作《迪志詩》。

咨爾庶士，迨時斯勖。日月逾邁，豈云旋復。哀我經營，膂力靡及。在兹弱冠，靡所樹立。於赫我祖，顯于殷國。貳迹阿衡，克光其則。武丁興商，伊宗皇士。爰作股肱，萬邦是紀。奕世載德，迄我顯考。保膺淑懿，纘修其道。漢之中葉，俊乂式序。秩彼殷宗，光此勳緒。伊余小子，穢陋靡逮。懼我世烈，自兹以墜。誰能革濁，清我濯溉？誰能昭闇，啓我童昧？先人有訓，我訊我誥。訓我嘉務，誨我博學。爰率朋友，尋此舊則。契闊夙夜，庶不懈忒。秩秩大猷，紀綱庶式。匪勤匪昭，匪壹匪測。農夫不怠，越有黍稷。誰能云作，考之居息。二事敗業，多疾我力。如彼遵衢，則罔所極。二志靡成，聿勞我心。如彼兼聽，則溷于音。於戲君子，無恒自逸！徂年如流，鮮兹暇日。行邁屢税，胡能有迄。名言，深中學者之病。密勿朝夕，聿同始卒。命意敷詞，亦古亦今，韋之下、班之上也。

崔駰

字亭伯，涿郡安平人也。少遊大學，與班固、傅毅齊名。竇憲爲車騎將軍，辟駰爲掾。憲擅權驕恣，駰數諫之，稍見疏，出爲長岑長，不就。永元四年，卒于家。

安封侯詩

戎馬鳴兮金鼓震，壯士激兮忘身命。被光甲兮跨良馬，看其練字。揮長戟兮彀强弩。《藝文》作廓。

張衡

字平子，南陽西鄂人。安帝時，徵拜爲郎中，再遷太史令。順帝陽嘉中，遷侍中，宦官懼其毁己，共譏之，出爲河間王相。三年，上書乞骸骨，徵拜尚書，卒。

怨篇

《文心雕龍》曰：張衡《怨篇》，清曲可頌。

猗猗秋蘭，植彼中阿。有馥其芳，有黄其葩。雖曰幽深，厥美靡嘉。之子之一作「云。」遠，我勞如何？起結有風人遺味，「雖曰」一轉，鈍矣。

同聲歌

邂逅承際會，得充君後房。情好新交接，恐慄若探湯。不才勉自竭，賤妾職所當。綢繆主中饋，奉禮助烝嘗。思爲莞蒻席，在下蔽匡牀。願爲羅衾幬，在上衛風霜。灑掃清枕席，鞮芬以狄一作「秋」。香。重户結金扃，高下華燈光。衣解巾粉御，列圖陳枕張。素女爲我師，儀態盈萬方。衆夫所希見，天老教軒皇。樂莫斯夜樂，没齒焉可忘。直賦其事，然身分自高，與艷曲不同，而聲情正復惋惻。

定情歌

大火流兮草蟲鳴，繁霜降兮草木零。秋爲期兮時已征，思美人兮愁屏營。以此定情，如屈、宋美人之感。

四愁詩并序

張衡不樂久處機密，陽嘉中，出爲河間相。時國王驕奢，不遵法度，又多豪右并兼之家。衡下車治威嚴，能内察。屬縣姦猾行巧劫，皆密知名，下吏收捕，盡服擒，諸豪俠遊客，悉惶懼逃出境，郡中大治，爭訟息，獄無繫囚。時天下漸弊，鬱鬱不得志，爲《四愁詩》，效屈原，以美人爲君子，以珍寶爲仁義，以水深雪雰爲小人，思以道術爲報，貽於時君，而懼讒邪，不得以通。其辭曰：

一思曰：《玉臺》無此三字，劉履曰：衍文也。下倣此。我所思兮在太山。欲往從之梁父艱，側身東望涕霑翰。美人贈我金錯刀，何以報之英瓊瑶。路遠莫致倚逍遥，何爲懷憂心煩勞。

二思曰：我所思兮在桂林。欲往從之湘水深，側身南望涕霑襟。美人贈我金五臣作「琴」。琅玕，何以報之雙玉盤。路遠莫致倚惆悵，何爲懷憂心煩傷。平去通用。

三思曰：我所思兮在漢陽，欲往從之隴阪長，側身西望涕霑裳。美人贈我貂襜蚩占反。褕，何以報之明月珠。路遠莫致倚踟躕，何爲懷憂心煩紆。四思曰：我所思兮在鴈門，欲往從之雪雰雰，側身北望涕霑巾。美人贈我錦繡段，何以報之青玉案。路遠莫致倚增歎，何爲懷憂心煩惋。烏玩反。○《四愁》得《離騷》之神，而易爲整調，千載而下，莫能及之。○杜陵七歌俱從此詩脱化，然杜于平子，猶平子之于楚詞也，後人則襲其調而鈔其文，二賢直視如優孟矣。

思玄詩

衡爲太史令，嘗憂及難，作《思玄賦》，系此詩。

天長地久歲不留，俟河之清祇懷憂。願得遠度以自娱，上下無常窮六區。超踰騰躍絶世俗，飄飄神舉逞所欲。天不可階仙夫稀，柏舟悄悄吝不飛。松喬高跱孰能離，結精遠遊使心攜。迴志朅來從玄謀，獲我所求夫何思。《詩乘》又載平子《觀舞賦》，中云：抗修袖以翳面，展清聲而長歌。歌曰：驚雄逝兮孤雌翔，臨歸風兮思故鄉。○人壽有限，故託于遊仙，仙不可爲，而自傷迴志。大指如此。

李尤字伯仁，廣漢雒人也。少以文章顯，和帝時，拜蘭臺令史，後爲諫議大夫，遷樂安相。

九曲歌

年歲晚暮時已斜，安得力士翻日車。闕。奇想奇文。

朱穆字公叔，暉之子。耽學，鋭意講誦。梁冀素聞穆名，辟之使典兵事，拜御史。漢桓帝徵拜尚書。

與劉伯宗絶交詩

北山有鴟，不潔其翼。飛不正向，寢不定息。饑則木欖，飽則泥伏。饕餮貪污，臭腐是食。填腸滿膆，嗜欲無極。長鳴呼鳳，謂鳳無德。鴟詆鳳爲無德，小人不滿君子，宛肖其情。下數語忠厚，絶之深矣。鳳之所趨，與子異域。永從此訣，各自努力。直起直結，漢人類然。

王逸字叔師，南郡宜城人。元初中舉上計吏，爲校書郎，累至侍中。著《楚詞章句》，其賦誄書論及雜文凡廿一篇，作漢詩百二十三篇。

琴思楚歌

盛陰修夜何難曉，思念糾斜腸摧繞，時節晚暮年齒老。冬夏更運去若頹，寒來暑往難逐追，形容減少顔色虧。時忽晻晻若鶩馳，意中私喜施用爲。内無所恃失本義，志願不得心肝沸。憂懷感結重歎噫，歲月已盡去奄忽，亡官失禄去家室。思想君命幸復位，久處無成卒放棄。叔師深于楚詞，其歌平平耳。惜所作漢詩百二十三篇不傳也。

桓驎字元龍，沛郡龍亢人，桓榮之孫，精鑒好學。

答客詩

《文士傳》曰：桓驎伯父鳥，官至太尉，驎年十二在座，鳥告客曰：吾此弟子，知有異才，殊能作詩賦。客乃作詩，驎即應聲答云。

邈矣甘羅，超等絶倫。伊彼楊烏，命世稱賢。嗟予惷弱，殊才偉年。「殊才」句正謂上二句。仰慙二子，俯愧過言。

客示桓驎詩附

甘羅十二，楊烏九齡。昔有二子，今則桓生。

高彪

字義方，吴郡人，志尚甚高。遊大學，博覽經史，善屬文。

清誡

天長而地久，人生則不然。又不養以福，使全其壽年。虚字斡旋，句乃益勁。飲酒病我性，思慮害我神。美色伐我命，利欲亂我真。神明無聊賴，愁毒於衆煩。中年棄我逝，忽若風過山。形氣各分離，一往不復還。上士愍其痛，抗志淩雲煙。滌蕩去穢累，飄邈任自然。退修清以浄，存吾玄中玄。

澄心剪思慮，泰清不受塵。恍惚中有物，希微無形端。智慮赫赫盡，谷神綿綿存。

蔡邕

字伯喈，陳留圉人也。性篤孝，建寧中辟司徒喬玄府，出補河平長，召拜郎中，校書東觀，遷議郎。靈帝崩，董卓爲司空，辟邕，遷尚書、侍中，及卓被誅，王允收邕付廷尉，遂死獄中。

答對元式詩

伊余有行，爰戾兹邦。先進博學，同類率從。濟濟羣彦，如雲如龍。君子博文，貽我德音。辭之集矣，穆如清風。「文」字不入韻。

答卜元嗣詩

斌斌碩人，貽我以文。辱此休辭，非余所希。敢不酬答，賦誦以歸。

樊惠渠歌并序

陽陵縣東，其地衍隩，土氣辛螫，嘉穀不殖，而涇水長流。光和五年，京兆尹樊君勤恤民隱，乃立新渠。曩之鹵田，化爲甘壤。農民怡悦，相與謳談疆畔，斐然成章，謂之樊惠渠云，其歌曰。

我有長流，莫或閼之。我有溝澮，莫或達之。傅、班之匹。田疇斥鹵，莫修莫釐。《藝文》作「治」。饑饉困悴，莫恤莫思。乃有樊君，作人父母。立我畎畝，黄潦膏凝。多稼茂止，惠乃無疆。如何勿喜？我壤既營，我疆斯成。泯泯我人，既富且盈。爲酒爲釀，烝彼祖靈。貽福惠君，壽考且寧！

飲馬長城窟行《文選》作《古辭》，《玉臺》作蔡邕，蔡集亦載此。

青青河邊草，綿綿思遠道。遠道不可思，宿昔夢見之。夢見在我傍，忽覺在他鄉。他鄉各異縣，展轉不可見。枯桑知天風，海水知天寒。「枯桑」二句借喻疎者猶以自然相知，甚言人情私己之薄。入門各自媚，誰肯相爲言。客從遠方來，遺我雙鯉魚。呼童烹鯉魚，中有尺素書。長跪讀素書，書中竟何如？上有加餐食，下有長相憶。中間一轉，忽借世情反形之，首末惓惓夙交，自相承注。○中郎諸作略似孟堅，學優于才，視西京異矣，此篇蔚岐遒亮，音旨有餘，固當遠追屬國之清聲，近並河間之楚調。

翠鳥

庭陬一作「前」。有若榴，緑葉含丹榮。翠鳥時來集，振翼修容形。回顧生碧色，動摇揚縹青。幸脱虞人機，得親君子庭。馴心託君素①，雌雄保百齡。與《十九首》同其感寓。

【校】

①馴，通志館本作「訓」。

琴歌

邕爲《釋誨》之文，設爲胡老，援琴而歌。

練余心兮浸太清，滌穢濁兮存正靈。和液暢兮神氣寧，情志泊兮心亭亭，嗜慾息兮無由生。踔宇宙而遺俗兮，眇翩翩而獨征。

趙壹

趙壹字元叔，漢陽西縣人也。光和元年，舉郡上計，是時司徒袁逢受計，逢與河南尹羊陟共稱薦之，名動京師。及西還，州郡爭致禮命，十辟公府，並不就，終于家。

疾邪詩二首

壹恃才倨傲，爲鄉黨所擯，後屢抵罪，幾至死，友人救得免。壹作《疾邪賦》，中歌此二詩。〇《詩品》曰：元叔散憤蘭蕙，指斥囊錢。苦言切句，良亦勤矣。斯人也而有斯困，悲夫！

河清不可俟，人命不可延。順風激靡草，富貴者稱賢。文籍雖滿腹，不如一囊錢。伊優北堂上，骯髒依門邊。怨矣近于怒，而大段仍渾然。〇末二句言伊優之賤，顧逢時好而居堂上；骯髒之士，乃抱苦節而棄門邊。言時流之好惡失宜。

勢家多所宜，欬唾自成珠。被褐懷金玉，蘭蕙化爲芻。賢者雖獨悟，所困在羣愚。且各守爾分，勿復空馳驅。哀哉復哀哉，此是命矣夫！世人盡鹵莽，吾道屬艱難。千古同悲，其聲咄咄。

酈炎

字文勝，范陽人。有文才，尚志氣。靈帝時，州郡辟命，皆不就。炎後風病恍惚，性至孝，遭母憂，病甚發動，妻始産而驚死，妻家訟之，炎病不能理對，竟死獄中。

見志詩二首

大道夷且長，窘路狹且促。修翼無卑棲，遠趾不步局。舒吾凌霄羽，奮此千里足。超邁絶塵驅，倏忽誰能逐。有縱横物表、不受羈靮之樂。賢愚豈常類，禀性在清濁。富貴有人籍，貧賤無天録。通塞苟由己，志士不相卜。陳平敖里社，韓信釣河曲。終居天下宰，食此萬鍾禄①。德音流千載，功名重山嶽。

靈芝生河洲，動摇因洪波。蘭榮一何晚，嚴霜瘁其柯。哀哉二芳草，不植泰山阿。文質道所貴，遭時用有嘉。絳灌臨衡宰，謂誼崇浮華。賢才抑不用，遠投荆南沙。抱玉乘龍驥，不逢樂與和。安得孔仲尼，爲世陳四科！《詩品》曰：文勝託詠靈芝，懷寄不淺。○上篇直抒所欲言，意便易竭；此則詞多託寓，感興最長。○杜陵甘菊之悲，當與靈芝同寄。

【校】

① 鍾，底本原作「鐘」，據通志館本改。

仲長統

字公理，山陽高平人。少好學，博涉書記，贍於文辭。尚書荀彧舉爲尚書郎，後參丞相曹操軍事。獻帝遜位之歲，統卒。

述志詩二首

飛鳥遺跡，蟬蜕亡殼。騰蛇棄鱗，神龍喪角。盧谷切。至人能變，達士拔俗。乘雲無轡，騁風無足。垂露成幃，張霄成幄。沆瀣當餐，九陽代燭。恒星艷珠，朝霞潤玉。六合之内，恣心所欲。人事可遺，何爲局促。猥託亂朝，鬱鬱不自得，夏彝仲所謂幾欲逃于天地之外者。勿汎作艷歌之步靈衢也。

大道雖夷，見幾者寡。任意無非，適物無可。古來繚繞，《漢書》作「繞繞」。委曲如瑣。百慮何爲，至要在我。寄愁天上，埋憂地下。叛散五經，滅棄風雅。百家雜碎，請用從火。抗志山棲，一作「西」。游心海左。元氣爲舟，微風爲柂。

翱翔太清，縱意游冶。《初學記》載四句云：春雲爲馬，秋風爲駟。按之不遲，勞之不疾。○一片勞騷，愈無理愈見其妙。

孔融

字文舉，魯國人，孔子之後。少有重名，舉高第，爲侍御史，遷虎賁中郎將。以忤董卓，轉議郎，出爲北海太守，累遷大中大夫。數以書爭曹操，爲操所害。

離合作郡姓名字詩

漁父屈節，水潛匿方。離「魚」字。與時進止，出行施張。離「日」字，「魚」「日」合成「魯」。呂公磯釣，闔口渭傍。離「口」字。九域有聖，無土不王。離「或」字，「口」「或」合成「國」。好是正直，女回於匡。離「子」字。海外有截，隼逝鷹揚。當離「乙」字，恐古文與今文不同，合成「孔」也。六翮將奮，羽儀未彰。離「鬲」字。蛇龍之蟄，俾也可忘。離「蟲」字，合成「融」。玟璇隱曜，美玉韜光。去「玉」成「文」，不須合。無名無譽，放言深藏。離「與」字。按轡徐行，誰謂路長。離「才」字，合成「舉」。○高文奇作，求隱而不得，其辭有寄焉。

雜詩二首

巖巖鍾山首，赫赫炎天路。高明曜雲門，遠景灼寒素。昂昂累世士，結根在所固。吕望老匹夫，苟爲因世故。管仲小囚臣，獨能建功祚。人生有何常，但患年歲暮。幸託不肖軀，且當猛虎步。安能苦一身，與世同舉措。由不慎小節，庸夫笑我度。吕望尚不希，夷齊何足慕。○庸夫以小節相人，往往而是。曹則正懼公有大度，端明云：使操不殺公，公必殺操。千載知己之言。○文舉先生生亂季，與公理詩同一牢騷，然太公滅殷，管子尊周，而先生取舍若此，知其懷忠于漢室也。末云吕望尚不希，夷齊何足慕，蓋目擊國危，思彌縫其間，而僅抗西山高節，無救于殷之亡也。安得不中操深忌乎？此篇人或以狂目之，不知先生實自言其志耳。

遠送新行客，歲暮乃來歸。入門望愛子，妻妾向人悲。聞子不可見，日已潛光輝。孤墳在西北，常念君來遲。褰裳上墟丘，但見蒿與薇。白骨歸黄泉，肌體乘塵飛。生時不識父，死後知我誰。孤魂遊窮暮，飄颻安所依？人生圖孠息，爾死我念追。俛俯内傷心，不覺淚沾衣。人生自有命，但恨生日希。

鍾情乃不草草。

臨終詩

融爲太中大夫，見曹操雄詐漸著，頻書爭之，多致乖忤。又奏宜準古王畿之制，千里寰内，不以封建諸侯。操疑其所論建漸廣，並憚之，郗慮承旨，以微法免融。又令路粹誣奏融下獄，棄市。

言多令事敗，器漏苦不密。既傷志之不成，又自咎其失密。艾千子有言，續之《騷》後，不必皆賦體也。河潰螘孔端，山壞由猿穴。涓涓江漢流，天窗通冥室。讒邪害公正，浮雲翳白日。靡辭無忠誠，華繁竟不實。人有兩三心，安能合爲一。三人成市虎，浸漬解膠漆。生存多所慮，長寢萬事畢。

六言詩三首

漢家中葉道微，董卓作亂乘衰。僭上虐下專威，萬官惶怖莫違，百姓慘慘心悲。

郭李分爭爲非，遷都長安思歸。瞻望關東可哀，夢想曹公歸來。似宜以下首句繫此下。

從洛到許巍巍。曹公憂一作「輔」。國無私，減去廚膳甘肥。羣僚率從祁祁，雖得俸禄常饑。念我苦寒心悲。遂創一體，讀之乃不可增減。

失題

歸家酒債多，門客粲幾一作「成」。行。高談滿四座，一日傾千觴。又云「座上客常滿，尊中酒不空」。〇此四句太白贈劉都使詩，不似文舉。

漢詩音注卷之四

頻陽李因篤子德　評
涇上張恂稺恭　閱
洽陽王梓適菴　校

秦嘉字士會，隴西人。

述昏詩二章

羣祥既集，二姓交歡。敬兹新昏，六禮不愆。羔雁總備，玉帛戔戔。君子將事，威儀孔閒。猗兮容兮，穆矣其言。

紛彼昏姻，禍福之由。衛女興齊，褒姒滅周。戰戰兢兢，懼德不仇。神啓其吉，果獲令攸。我之愛矣，荷天之休。往與友人論《述昏詩》，輒言其平，不知欲作何等語也。此正當家之什。

贈婦

曖曖白日，引曜西傾。啾啾鷄雀，羣飛赴楹。皎皎明月，煌煌列星。嚴霜悽愴，飛雪覆庭①。寂寂獨居，寥寥空室。飄飄桂帳，熒熒華燭。爾不是居，帷帳何施。爾不是照，華燭何爲。就展轉反側意，寫出前一層，亦可云憂而不傷矣。

【校】

① 覆，通志館本作「履」。

留郡贈婦詩三首并序

嘉爲上郡掾，其妻徐淑寢疾還家，不獲面別，贈詩云爾。

人生譬朝露，居世多屯蹇。憂艱常早至，歡會常苦晚。念當奉時役，去爾日遥遠。遣車迎子還，空往復空返。省書情悽愴，臨食不能飰。獨坐空房中，誰與相勸勉。長夜不能眠，伏枕獨展轉。憂來如循環，匪席不可卷。首篇叙迎而不至，顒望懸戀之情，其辭氣甚醇。

皇靈無私親，爲善荷天禄。傷我與爾身，少小罹煢獨。既得結大義，歡樂苦不足。念當遠離别，思念叙款曲。河廣無舟梁，道近隔丘陸。臨路懷悁悵，中駕正躑躅。浮雲起高山，悲風激深谷。良馬不迴鞍，輕車不轉轂。鍼藥可屢進，愁思難爲數。貞士篤終始，恩義不可促。次篇言瀕去遲回，追思宿愛，因勉之以自保也。「河廣」以下，就其妻徂病不來①，一段徬徨至情，而咎浮雲悲風爲患，雖輕車良馬，竟致中乖也。首篇自言，此爲婦言，是兩章結構。

肅肅僕夫征，鏘鏘揚和鈴。清晨當引邁，束帶待鷄鳴。顧看空室中，髣髴想姿形。一别懷萬恨，起坐爲不寧。何用叙我心，遺思致款誠。寶釵好耀首，明鏡可鑒形。芳香去垢穢，素琴有清聲。詩人感木瓜，乃欲答瑶瓊。愧彼贈我厚，慙此往物輕。雖知未足報，貴用叙我情。此篇言將發悲思不寧，而附之報贈也。措語俱有轉換，有進義，不但章法井然。○《二南》不作，《白華》之難讀久矣，録此爲伉儷正音，將補《國風》之闕。○爲艷詩易，爲閨情難。言閨情，爲婦易，爲夫難。況贈答之辭乎？既不得大粘，又推開則泛。秦掾諸作，正在箇中。

【校】

①徂，通志館本作「阻」。

應亭以下爵里無攷。

贈四王冠詩并序

永平四年，外弟王景系兄弟四人並冠，故貽之詩曰。

濟濟四令弟，妙年踐二九。令月惟吉日，成服加元首。人咸飾其容，鮮能離塵垢。雖無兕觥爵，杯醮傳旨酒。直叙其事，申以勸勉之詞。

辛延年

羽林郎

昔有霍家奴，姓馮名子都。依倚將軍勢，調笑酒家胡。「奴」字是子都之案，「依倚」

句定大將軍之案。胡姬年十五，春日獨當壚。長裾連理帶，廣袖合歡襦。頭上藍田玉，耳後大秦珠。兩鬟何窈窕，一世良所無。一鬟五百萬，兩鬟千萬餘。不意金吾子，娉婷過我廬。銀鞍何煜爚，翠蓋空踟蹰。就我求清酒，有次第。絲繩提玉壺。就我求珍肴，金盤鱠鯉魚。貽我青銅鏡，結我紅羅裾。不惜紅羅裂，何論輕賤軀。男兒愛後婦，女子重前夫。人生有新故，貴賤不相踰。多謝金吾子，私愛徒區區。結句不惟絶之，且括盡上文無數情事。○皎皎高節，却以艷詩傳之，與《十九首》語氣正同，其實寫處止末段數語耳。此法惟漢人擅長。想象風流，偏于閒處設色，欲競驅《孔雀東南飛》矣。

宋子侯

董嬌嬈

洛陽城東路，桃李生路傍。花花自相對，葉葉自相當。春風東北起，花葉正低昂。不知誰家子，提籠行採桑。纖手折其枝，花落何飄颺。請謝彼姝子，何爲見損傷。代花語。妙，妙。高秋八九月，白露變爲霜。終年會飄墮，安得久馨香。秋時自零落，春月復芬芳。何時盛年去，懽愛《藝文》作「好」。永相忘。寫至此，盛顔不及春花遠矣，讀之太息。吾欲竟此曲，此曲愁人腸。歸來酌美酒，挾瑟上高堂。「吾欲竟此曲」下，篇中正意在此。○詞旨淵渺①，幾使人墮其中而不測所用心。要是遣懷導歡之曲也。○總是借春花好女，言懽日無多，勸之取樂及時。若謂實貴姝子，是囈語出夢人矣。

【校】

① 旨，通志館本作「音」。

虎賁郎

射烏辭

漢明帝東巡，有烏飛鳴乘輿上，虎賁郎射中之，遂作辭云云。帝賜錢百萬，遂令亭壁皆畫烏。

烏烏啞啞，引弓射洞左腋。陛下壽萬年，臣爲二千石。高甚。如桃源中人，不屑屑爲多語也。

白狼王唐菆

莋都夷歌三章

莋都夷者，武帝所開，以爲莋都縣。《後漢書·西南夷傳》曰：明帝時，益州刺史朱輔宣示漢德，威懷遠夷。自汶山以西，前世所不至，正朔所未加，白狼、槃木等百餘國，皆舉種稱臣奉貢。白狼王唐菆作詩三章，歌頌漢德，輔使譯而獻之。

遠夷樂德歌

大漢是治，與天合意。吏益平端，不從我來。聞風向化，所見奇異。多賜繒布，甘美酒食。昌樂肉飛，「昌樂」即「倡樂」，「肉飛」語奇。屈申悉備。蠻夷貧薄，無所報嗣。願主長壽，子孫昌熾。

遠夷慕德歌

蠻夷所處，日入之部。慕義向化，歸日出主。感慕華風，只「日入」「日出」二語已伸其義，所謂眼前者拈出便佳也。聖德深恩，與人富厚。冬多霜雪，夏多和雨。寒温時適，部人多有。涉危歷險，不遠萬里。去俗歸德，心歸慈母。

遠夷懷德歌

荒服之外，土地墝埆。食肉衣皮，不見鹽穀。吏譯傳風，大漢安樂。攜負歸仁，觸冒險狹。高山岐峻，緣崖磻石。木薄發家，百宿到洛。父子同賜，懷抱匹帛。傳告種人，長願臣僕。末二句「傳告」字「長」字有推而廣之遂及無窮之妙。○三詩簡質名通，自是朱益州譯而爲之，何必減班掾傳史乎！

蔡琰

字文姬，邕之女也。博學有才辯，適河東衛仲道。夫亡無子，歸寧于家。興平中，天下喪亂，姬爲胡騎所獲，没于南匈奴左賢王。在胡中十二年，生二子。曹操痛邕無嗣，乃遣使者以金璧贖之，而重嫁陳留董祀。

悲憤詩二首

《後漢書》：琰歸董祀後，感傷亂離，追懷悲憤，作詩二章。

漢季失權柄，大議論。董卓亂天常。志欲圖篡弑，先害諸賢良。逼迫遷舊邦，擁主以自彊。海内興義師，欲共討不祥。卓衆來東下，金甲耀日光。平土人脆弱，來兵皆胡羌。獵野圍城邑，所向悉破亡。斬截一作「殲」。無孑遺，屍骸相掌直庚反。拒。馬邊懸男頭，馬後載婦女。長驅西入關，迥路險且阻。還顧邈冥冥，肝脾爲爛腐。所略有萬計，不得令屯聚。或有骨肉俱，欲言不敢語。失意幾微間，輒言斃降虜。要當以亭刃，我曹不活汝。「要當」二句，忽就羌人口中寫出，妙不可言。豈復惜性命，不堪其詈罵。或便加棰杖，毒痛參并下。旦則號泣行，夜則悲吟坐。欲死不能得，欲生無一可。彼蒼者何辜，乃遭此戹禍。邊荒與華異，人俗少義理。處所多霜雪，胡風春夏起。翩翩吹我衣，肅肅入我耳。轉自身無痕。感時念父母，哀歎無窮已。有客從外來，聞之常歡喜。迎問其消息，輒復非鄉里。「有客」四句，忽一推，乃實事苦情也，而思父母來骨肉矣。邂逅徼時願，骨肉來迎己。己得自解免，當復棄兒子。天屬綴人心，念别無會期。存亡永乖隔，不忍與之辭。兒前抱我頸，問母欲何之。人言母當去，豈復有還時？阿母常仁惻，今何更不慈。我尚未成人，奈何不顧思？見此崩五内，恍惚生狂癡。號泣手撫摩，當發復迴疑。兼有同時輩，相送告離别。慕我獨得歸，哀叫聲摧裂。馬爲立踟躕，車爲不轉轍。觀者皆歔欷，行路亦嗚咽。寬一步，就他人説，更爲凄緊，而别子數行，始不窘于偏枯，此詩家所由尚，推宕之法也。去去割情戀，遄征日遐邁。悠悠三千里，何時復交會。念我出腹子，胸臆爲摧敗。既至家人盡，又復無中外。城郭爲山林，庭宇生荆艾。白骨不知誰，從横莫覆蓋。出門無人聲，豺狼號且吠。煢煢對孤景，怛咤糜肝肺①。登高遠眺望，魂神忽飛逝。奄若壽命盡，旁人相寬大。爲復彊視息，雖生何聊賴。托命於新人，竭心自勖厲。流離成鄙賤，常恐復捐廢。人生幾何時，懷憂終年歲。情真語悲，如聽哀猿之叫。○分五段。首段言董卓作亂大略，「馬邊」下言羌戎在途之暴，「邊荒」下言彼地離居之悲，「邂逅」下叙迎歸瀕發情事，末段則抵家後所自傷也。○大篇直叙，曲折盡情。《北征》《咏懷》皆脱化于此。

嗟薄祜兮遭世患，宗族殄兮門户單。身執略兮入西關，歷險阻兮之羌蠻。山谷眇兮路漫漫，眷東顧兮但悲歎。冥當寢兮不能安，饑當食兮不能餐。常流涕兮眥不乾，薄志節兮念死難，雖苟活兮無形顔。真語更痛。惟彼方兮遠陽精，陰氣凝兮雪夏零。沙漠壅兮塵冥冥，有草木兮春不榮。人似禽兮食臭腥，言兜離兮狀窈停。歲聿暮兮時邁征，夜悠長兮禁門扃。不能寢兮起屏營，登胡殿兮臨廣庭。玄雲合兮翳月星，北風厲兮肅泠泠。忽用雅語間之，篇法寬然有餘。胡笳動兮邊馬鳴，孤雁歸兮聲嚶嚶。樂人興兮彈琴箏，音相和兮悲且清。心吐思兮胸憤盈，欲舒氣兮恐彼驚，含哀咽兮涕沾頸。家既迎兮當歸寧，臨長路兮捐所生。兒呼母兮啼失聲，我掩耳兮不忍聽。追持我兮走煢煢，頓復起兮毁顔形。還顧之兮破人情，心怛絶兮死復生。分三段。首段言被執西行，次段居羌中時事②，末則就迎東還也。○與前一首伸縮各有其妙，觀此知《十八拍》非必出文姬自爲矣。

【校】

① 麋，底本原作「麋」，據通志館本改。

② 羌，通志館本作「胡」。

胡笳十八拍

我生之初尚無爲，我生之後漢祚衰。天不仁兮降亂離，地不仁兮使我逢此時。干戈日尋兮道路危，民卒流亡兮共哀悲。煙塵蔽野兮胡虜盛，志意乖兮節義虧。對殊俗兮非我宜，遭惡辱兮當告誰。笳一會兮琴一拍，心憤怨兮無人知。

戎羯逼我兮爲室家，將我行兮向天涯。雲山萬重兮歸路遐，俚。疾風千里兮揚塵沙。人多暴猛兮如虺蛇，控弦披甲兮爲驕奢。兩拍張絃兮絃欲絶，志摧心折兮自悲嗟。

越漢國兮入胡城，亡家失身兮不如無生。氈裘爲裳兮骨肉震驚，羯羶爲味兮枉遏我情。入情。鞞鼓喧兮從夜達明，一「從」字便減色。胡風浩浩兮暗塞營。傷今感昔兮三拍成，銜悲畜恨兮何時平。

無日無夜兮不思我鄉土，禀氣含生兮莫過我最苦。天災國亂兮人無主，唯我薄命兮没戎虜。殊俗心異兮身難處，心異則身難處，寫來入微。嗜欲不同兮誰可與語。尋思涉歷兮多艱阻，四拍成兮益悽楚。

雁南征兮欲寄遠聲，雁北歸兮爲得漢音。雁飛高兮邈難尋，連起三「雁字」。空斷腸兮思愔愔。攢眉向月兮撫雅琴，五拍泠泠兮意彌深。

冰霜凛凛兮身苦寒，饑對肉酪兮不能餐。夜聞隴水兮聲嗚咽，朝見長城兮路杳漫。追思往日兮行李難，六拍悲來兮欲罷彈。

日暮風悲兮邊聲四起，不知愁心兮説向誰是。原野蕭條兮烽戍萬里，俗賤老弱兮少壯爲美。逐有水草兮安家葺壘，牛羊滿野兮聚如蜂螘。草盡水竭兮羊馬皆徙，七拍流恨兮惡居于此。此拍渾樸真至，不謂之漢人不得矣。○此拍之妙，正以泛泛就彼中情事説來，只末一語挽入自身，遂爲高調。詩貴疎而忌直，于此益信。

爲天有眼兮何不見我獨漂流，爲神有靈兮何事處我天南海北頭。我不負天兮天何配我殊匹，我不負神兮神何殛我越荒州。製兹八拍兮擬俳優，何知曲成兮心轉愁。俚而拖沓，句亦甚排，真類于俳優矣。

天無涯兮地無邊，我心愁兮亦復然。生倏忽兮如白駒之過隙然，不得歡樂兮當我之盛年。爲樂當及時，古人所規如是而已。一部漢魏樂府，此二語約略盡之。怨兮欲問天，天蒼蒼兮上無緣。舉頭仰望兮空雲煙，九拍懷情兮誰與傳。

城頭烽火不曾滅，疆場征戰何時歇。殺氣朝朝衝塞門，胡風夜夜吹邊月。故鄉隔兮音塵絶，哭無聲兮氣將咽。一生辛苦兮緣離別，「一生」句惟文姬身歷之乃能言之。十拍悲深兮淚成血。人多病此拍大類唐律，然氣疎而辭馴，正未足深譏，老于漢詩者當自知之。○往見論者多因「殺氣」二句太整，疑爲唐調，然《羽林》「長裾連理帶，廣袖合歡襦」獨非五言律體乎？大抵《十八拍》即不出文姬，要是齊梁人所擬，其佳處尚有兩京之遺致，而氣味稍薄，與《悲憤詩》當分層級耳。

我非貪生而惡死，不能捐身兮心有以。生仍冀得兮歸桑梓，死當埋骨兮長已矣。寫出至情，亦真亦苦①。○生仍冀歸，死當埋骨，文姬可謂徙義矣。李少卿尚負愧此語，況其下者乎？日居月諸兮一作「日月居諸兮」。在戎壘，胡人寵我兮有二子。鞠之育之兮不羞恥，愍之念之兮生長邊鄙。十有一拍兮因茲起，哀響纏綿兮徹心髓。「愍之念之」句更是閒語。

東風應律兮暖氣多，知是漢家天子兮布陽和。羌胡蹈舞兮共謳歌，兩國交歡兮罷兵戈。俚。忽遇漢使兮稱近詔，遣千金兮贖妾身。喜得生還兮逢聖君，嗟別稚子兮會無因。十有二拍兮哀樂均，去住兩情兮難具陳。至情以雅語出之，遂更婉篤。

不謂殘生兮却得旋歸，撫抱胡兒兮泣下沾衣。漢使迎我兮四牡騑騑，號失聲兮誰得知。與我生死兮逢此時，愁爲子兮日無光輝，焉得羽翼兮將汝歸。一步一遠兮足難移，高淡。如曉天霜角，一奏而征鴻唳空。魂消影絕兮恩愛遺。十有三拍兮絃急調悲，肝腸攪刺兮人莫我知。

身歸國兮兒莫之隨，心懸懸兮常如饑。真語，自然雅。四時萬物兮有盛衰，唯我愁苦兮不暫移。山高地闊兮見汝無期，更深夜闌兮夢汝來斯。夢中執手兮一喜一悲，覺後痛吾心兮無休歇時。十有四拍兮涕淚交垂，河水東流兮心是思。忽以雅語結。

十五拍兮節調促，氣填胸兮誰識曲。處穹廬兮偶殊俗，願得歸來兮天從欲。

再還漢國兮懽心足，心有懷兮愁轉深。日月無私兮曾不照臨，子母離兮意難任。同天隔越兮如商參，生死不相知兮何處尋。真摯纏綿，如泣如訴。十六拍兮思茫茫，我與兒兮各一方。日東月西兮徒相望，不得相隨兮空斷腸。對萱草兮憂不忘，彈鳴琴兮情何傷。今別子兮歸故鄉，舊怨平兮新怨長。正取其雅。泣血仰頭兮訴蒼蒼，胡爲生兮獨罹此殃。十七拍兮心鼻酸，關山阻修兮行路難。去時懷土兮心無緒，來時別兒兮思漫漫。塞上黄蒿兮枝枯葉乾，沙場白骨兮刀痕箭瘢。「去時」以下四語，乃所云排句也，其味淺矣。風霜凜凜兮春夏寒，人馬饑尫兮筋力單。豈知重得兮入長安，歎息欲絶兮淚闌干。數語雅。○此首頗妙，而露後人之色。深于漢者當自知之。胡笳本出自胡中，緣琴翻出音律同。十八拍兮曲雖終，響有餘兮思無窮。何用解説，漫無筆力。是知絲竹微妙兮均造化之功，安樂各隨人心兮有變則通。胡與漢兮異域殊風，天與地隔兮子西母東。苦我怨氣兮浩於長空，六合雖廣兮受之應不容。結得住，具見大力。○中有太露處，俚語亦間出毫端，下漢魏人數層矣，然佳句當分別觀之。大抵《十八拍》即非文姬作，要是齊梁高手所擬。彼以爲代婦人脣吻，有意作淺語，而亦時露本色，與《木蘭》同其結撰也。

【校】

①真，通志館本作「直」。

徐淑

《詩品》曰：夫妻事既可傷，文亦悽怨。爲五言者不過數家，而婦人居二。徐淑叙別之作，亞于《團扇》矣。○不在《團扇》之亞。

答秦嘉詩

妾身兮不令，嬰疾兮來歸。沈滯兮家門，歷時兮不差。曠廢兮侍覲，情敬兮有違。君今兮奉命，遠適兮京師。悠悠兮離別，無因兮叙懷。瞻望兮踴躍，佇立兮裴回。思君兮感結，夢想兮容輝。君發兮引邁，去我兮日乖。恨無兮羽翼，高飛兮相追。長吟兮永歎，淚下兮沾衣。淑詩不煩追琢，質任自然，勝于秦掾矣。○須看其次第。

蘇伯玉妻

盤中詩

詩内云「家居長安」，則知爲武功之蘇也。

山樹高，鳥鳴悲。泉水深，鯉魚肥。空倉鵲，常苦饑。起處以「山樹」六句，興吏婦會夫之稀乃理勢之自然。吏人婦，會夫希。出門望，見白衣。謂當是，而更非。還入門，中心悲。北上堂，西入階。急機絞，杼聲催。長嘆息，當語誰。自言其情，自著其節，「還入門」八句更寫得高。君有行，妾念之。出有日，還無期。結巾一作「中」。帶，長相思。君忘妾，未知之。妾忘君，罪當治。妾有行，宜知之。黄者金，白者玉。高者山，下者谷。姓者蘇，字伯玉。人才多，知謀足。家居長安身在蜀，何惜馬蹏歸不數。羊肉千斤酒百斛，令君馬肥麥與粟。今時人，知四足。與其書，不能讀。當從中央周四角。「今時人」五句，即文君結意，而憫蘇掾之不學，其語更毒。○古質自然，疊用三字爲句。視房中、安其所等句，渾脱無痕，悱惻淋漓，怨而不怒。以此繹《騷》承《雅》，周、漢之正宗也。○末段責蘇掾數行，與《白頭吟》同一機軸，而語更苦，怨更深矣。

竇玄妻

古怨歌

竇玄狀貌絶異，天子使出其妻，妻以公主。妻悲怨，寄書及歌與玄。時人憐而傳之，亦名《豔歌》。

煢煢白兔，東走西顧。衣不如新，人不如故。《藝文類聚》載玄妻别玄書一首云：棄妻斥女敬白竇生：卑賤鄙陋，不如貴人。妾日以遠，彼日以親。何所控訴，仰呼蒼旻。悲哉竇生，衣不厭新，人不厭故。悲不可忍，怨不可去。彼獨何人，而居斯處。○轉就竇相棄後，寫其徬徨之情，其怨深矣。《蘼蕪篇》正從此出。○《類聚》所載書實一好劄，惜竇不能學長卿，用韻語答之也。

蜀漢附

諸葛亮字孔明，瑯琊人。

梁甫吟

《三國志》曰：諸葛亮躬耕隴畝，好爲《梁甫吟》。○《晏子》曰：公孫捷、田開疆、古冶子事景公，勇而無禮。晏子言於公，餽之二桃，曰：三子計功而食桃。公孫捷曰：吾再拜隱虎①，功可以食。田曰：吾杖兵而御三軍者再，功可以食。古冶子曰：君當濟河，黿銜左驂，冶潛行水底，逆流百步，從流九里，行黿頸，功可以食。二子曰：吾勇不若子，功不逮子，取桃不讓，是貪也。然而不死，無勇也。刎頸而死。冶曰：二子死之，冶獨不逮。又刎頸而死。

步出齊城門，遥望湯陰里。里中有三墳，纍纍正相似。問是誰家墓，田疆古冶子。一作「氏」。力能排南山，文能絶地紀。一作「里」。一朝被讒言，二桃殺三士。誰能爲此謀，國相齊晏子。責晏子不能容賢，此意便與伊、周並駕矣。詩亦古甚。○

云「讒言」，則三子死非其罪。曰「誰謀」曰「國相」②，乃深責之。

【校】

① 拜，通志館本作「搏」。隱，通志館本作「乳」。

② 誰謀，底本原作「謀國」，據通志館本改。

龐德公南郡襄陽人也。隱居峴山之南，未嘗入城府。荊州刺史劉表數延請，不能屈。司馬德操年小德公十歲，兄事之，故呼作龐公云。

於忽操三章

於忽乎不可以爲，其又奚爲？爲，音譌。二「爲」字韻。○起語飄然。離婁之精，夜何有於明？師曠之耳，聾者亦有爾。東王良之手兮，後車載之。前行險既以覆兮，後逐逐其猶來。雖目眄而心駭兮，顧其能之安施？委繩墨以聽人兮，雖班輸亦奚以爲！

於忽乎不可以爲，其又奚爲？椽櫨桷榱之累重，顧柱小之奈何？方風雨之晦陰，行者艱而莫休，居者生而笑歌，不知厭之忽然兮，其謂安何！於忽乎不可以爲，其又奚爲？謂鷄斯飛，誰得而羈？謂豕斯突，何取於縛？是皆以食而得之。吾於饑而後噫鷄兮豕兮，死以是兮！

漢詩音注卷之五

頻陽李因篤子德　評
涇水李念慈劬菴　閱
洽陽王梓適菴　校

樂府古辭

郊廟歌辭

漢郊祀歌十九首

《漢書·禮樂志》曰：武帝定郊祀之禮，祠太乙於甘泉，祭后土於汾陰。乃立樂府，采詩夜誦，有趙代秦楚之謳。以李延年爲協律都尉，多舉司馬相如等數十人，造爲詩賦，略論律吕，以和八音之調，作十九章之歌。以正月上辛，用事甘泉圜丘，使童男女七十人歌之。其餘巡狩福應之事，不序郊廟，故弗論。今漢郊廟詩歌未有祖宗之事，八音調均，又不協于鐘律，時新得神馬，因次爲歌。汲黯曰：王者作樂，上以承祖宗，下以化兆民。今陛下得馬，詩以爲歌，協於宗廟。先帝百姓豈能知其音耶？觀黯之言，則是歌宗廟亦用之矣。然其辭亦多難曉云。

練時日

練時日，候有望。焫膋蕭，延四方。九重開，靈之游。垂惠恩，鴻祜音「怙」。休。靈之車，結玄雲。駕飛龍，羽旄紛。靈之下，若風馬。左蒼龍，右白虎。靈之來，神哉沛，先以雨，般與「班」同。裔裔。「神哉沛，先以雨」，寫得幽靈綽約。靈之至，慶陰陰，相放悲，震澹心。「震澹」字奇。靈已坐，五音飭。虞至旦，承靈億。牲繭栗，粢盛香。尊桂酒，賓八鄉。靈安留，吟青黄。偏觀此，眺瑶堂。衆嫭並，綽奇麗。顔如荼，兆逐靡。叶武義反。○《秘辛》云「拊不留手」，狀肌體之滑澤，歎其入微。此則曰「兆逐靡」，較一顧傾城國語更簡而俊，善于立言矣。被華文，厠霧縠。曳阿錫，佩珠玉。俠與「挾」同。嘉夜，茝蘭芳。澹容與，獻嘉觴。《郊祀》如《詩》之有《頌》，《房中曲》如小大《雅》，而《鼓吹》《鐃歌》則《風》也。○周詩質，漢詩奥，奥稍遜質，周有化工自然之妙，漢所云人巧極天工錯也，然俱非後代所及。○周、漢之分合，周詩如漢文，漢詩如周文，各有其至。

帝臨

帝臨中壇，四方承宇。起得鄭重。繩繩意變，備得其所。清和六合，制數以五。海内安寧，興文匽武。后土富媪，當作「熅」。昭明三光。穆穆優游，嘉服上黄。

青陽　鄒子樂《漢書》載此名。

青陽開動，根荄以遂。膏潤並愛，跂行畢逮。霆聲發榮，壛處頃讀曰「傾」。聽。寫出雷霆之性情功效。枯槀復産，迺成厥命。衆庶熙熙，施及夭胎。羣生啿啿，徒感反。惟春之祺。

朱明　鄒子樂

朱明盛長，旉與萬物。桐讀爲「通」。生茂豫，靡有所詘。丘勿反。敷華就實，既阜既昌。登成甫田，百鬼迪嘗。廣大建祀，肅雍不忘。神若宥之，傳世無疆。

西顥　鄒子樂

西顥沆碭，秋氣肅殺。含香垂穎，續舊不廢。叶音發。言秋之盛，成物而已，此則更進一層。姦僞不萌，祆孽伏息。隅辟讀曰僻。越遠，四貉咸服。既畏兹威，惟慕純德。附而不驕，正心翊翊。

玄冥　鄒子樂

玄冥陵陰，蟄蟲蓋藏。草木零落，抵冬降霜。四序俱先就物候説，高。易亂除邪，革正易俗。兆民反本，抱素懷樸。條理信義，望禮五嶽。籍斂之時，掩收嘉穀。

惟泰元

惟泰元尊，媪神蕃釐。讀曰「嬉」。經緯天地，作成四時。精建日月，星辰度理。陰陽五行，周而復始。雲風雷電，降甘露雨。百姓蕃滋，咸循厥緒。繼統共讀曰「恭」。勤，順皇之德。鸞路龍鱗，罔不肸飾。嘉籩列陳，庶幾宴享。叶音鄉。滅除凶災，烈騰八荒。鐘鼓竽笙，雲舞翱翔。招摇靈旗，九夷賓將。

天地

天地並况，惟予有慕。爰熙紫壇，思求厥路。恭承禋祀，緼豫爲紛。黼繡周張，承神至尊。千童羅舞成八溢，與「佾」同。合好效歡虞與「娱」同。泰一。九歌畢奏斐然殊，鳴琴竽瑟會軒朱。璆磬金鼓，靈其有喜。叶許吏反。百官濟濟，各敬其事。盛牲實俎進聞膏，神奄留，臨須摇。長麗前掞光耀明，寒暑不忒况皇章。展詩應律鋗玉鳴，函宫吐角激徵清。發梁揚羽申以商，造兹新音永久長。聲氣遠條鳳鳥鴹，神夕奄虞蓋孔享。叶鄉。

日出入

日出入安窮？時世不與人同。日不變而人遞遷，真可奈何。故春非我春，夏非我夏，秋非我秋，冬非我冬。泊如四海之池，徧觀是耶謂何？吾知所樂，獨樂六龍。六龍之調，使我心若。訾黄其何不徠下！

天馬 一作《天馬歌》。

《漢書·武帝紀》曰：元鼎四年秋，馬生渥洼水中，作《天馬》之歌。太初四年春，貳師將軍李廣利斬大宛王首，獲汗血馬來，作《西極天馬》之歌。

太一况，一作「貺」。天馬下。霑赤汗，沫流赭。志俶儻，精權奇。籋音「躡」。浮雲，晻上馳。體容與，迣即「逝」字。萬里。今安匹，龍爲友。天馬徠，從西極。涉流沙，九夷服。天馬徠，出泉水。虎脊兩，化若鬼。天馬徠，歷無艸。即「草」字。經千里，循東道。天馬徠，執徐時。將摇舉，誰與期？天馬徠，開遠門。竦予身，逝昆侖。天馬徠，龍之媒。游閶闔，觀玉臺。

天門

天門開，詄讀如「迭」。蕩蕩。穆並騁，以臨饗。光夜燭，德信著。靈浸平而，鴻長生豫。太朱涂廣，夷石爲堂。飾玉梢以舞歌，體招搖若永望。星留俞，塞隕光。照紫幄，珠熉黄。幡彼狓回集，貳雙飛常羊。月穆穆以金波，日華燿以宣明。假清風軋忽，激長至重觴。神裴回若留放，殣「覲」同。冀親以肆章。函蒙祉福常若期，寂漻上天知厥時。泛泛滇海從高斿，殷勤此路臚所求。佻正嘉吉弘以昌，休嘉砰普萠反。隱溢四方。專精厲意逝九閡，叶音改。紛云六幕浮大海。

景星

一曰《寶鼎歌》。《漢書·武帝紀》曰：元鼎四年，夏六月，得寶鼎后土祠旁，作《寶鼎》之歌。

景星顯見，信星彪列。就信星以知景星，推一步高絶。象載昭庭，日親以察。參侔開闔，爰推本紀。汾脽出鼎，皇祐元始。五音六律，依韋饗昭。雜變並會，雅聲遠姚。空桑琴瑟結信成，四興遞代八風生。殷殷鐘石羽籥鳴，河龍供鯉醇犧牲。百末旨酒布蘭生，泰尊柘漿析朝酲。微感心攸通修名，周流常羊思所并。穰穰復正直往甯，叶音寧。馮蠵弋隨反。切和疏寫平。上天布施后土成，穰穰豐年四時榮。

齊房

一曰《芝房歌》。《漢書·武帝紀》曰：元封二年，夏六月，甘泉宫内中産芝，九莖連葉，作《芝房》之歌曰。

齊讀曰「齋」。房産草，九莖連葉。宫童效異，披圖按諜。玄氣之精，回復此都。蔓蔓日茂，芝成靈華。

后皇

后皇嘉壇，立玄黄服。物發冀州，兆蒙祉福。沇沇音「兖」。四塞，假即遐字。狄合處。經營萬億，咸遂厥宇。

華爗爗

華爗爗，固靈根。神之斿，過天門。車千乘，敦音「屯」。昆侖。神之出，排玉房。周流雜，拔步曷反。蘭堂。神之行，旌容容，騎沓沓，般縱縱。神之徠，泛翊翊，甘露降，慶雲集。神之愉，臨壇宇，九夷賓，夔龍舞。神安坐，鴹吉時，共讀曰「恭」。翊翊，合所思。神嘉虞①，申貳觴，福滂洋，邁延長。沛施祐，汾之阿。揚金光，横泰河。莽若雲，增揚波。偏臚驩，騰天歌。

【校】

① 神，底本原作「伸」，據通志館本改。

五神

五神相，包四隣。土地廣，揚浮雲。扢公忽反。嘉壇，椒蘭芳。璧玉精，垂華光。益億年，美始興。交於神，若有承。廣宣延，咸畢觴。靈輿位，偃蹇驤。

卉汩于筆反。臚，析奚遺。淫淥澤，湼爲黄反。然歸。

朝隴首

一曰《白麟歌》。《漢書·武帝紀》曰：元狩元年，冬十月，行幸雍，獲白麟，作《白麟》之歌。

朝隴首，覽西垠。雷電尞，古「燎」字。獲白麟。爰五止，顯黄德。圖匈虐，熏鬻殛。闢流離，抑不詳。賓百僚，山河饗。掩回轅，鬗武元反。長馳。騰雨師，洒路陂。流星隕，感惟風。籋歸雲，撫懷心。

象載瑜

一曰《赤雁歌》。《漢書·禮樂志》曰：太始三年，行幸東海，獲赤雁作。

象載瑜，白集西。食甘露，飲榮泉。將言赤雁，先叙白雁，與《景星》篇同，而稍换其法。赤雁集，六紛員。音「云」。殊翁雜，五采文。神所見，施祉福。登蓬萊，結無極。

赤蛟

赤蛟綏，黄華蓋。露夜零，晝晻濭。上烏感反，下音靄。百君禮，六龍位。勺椒漿，靈已醉。靈既享，錫吉祥。芒芒極，降嘉觴。靈殷殷，爛揚光。延壽命，永未央。杳冥冥，塞六合。澤汪濊，輯萬國。靈禗禗，象輿轙。票然逝，旗逶蛇。禮樂成，靈將歸。託玄德，長無衰。

鼓吹曲辭

漢鐃歌十八曲

崔豹《古今注》曰：短簫鐃歌，軍樂也。黄帝使岐伯作，所以建威揚德、風敵勸士者也。《周禮》所謂王大捷則令凱樂。漢樂有黄門鼓吹，天子所以宴樂羣臣也。短簫鐃歌，鼓吹之一章爾，亦以賜有功諸侯。《古今樂録》曰：漢鼓吹鐃歌十八曲，字多訛誤。又有《務成》《玄雲》《黄爵》《釣竿》，亦漢曲也，其辭亡。或云漢鐃歌二十一，無《釣竿》，《擁離》亦曰翁離。《宋書・樂志》曰：漢鼓吹鐃歌十八篇。按《古今樂録》，皆聲辭艷相雜，不復可分。沈約云：樂人以聲音相傳，訓詁不可復解。凡古樂録，皆大字是辭，細字是聲，聲辭合寫，故致然耳。

朱鷺

《隋書・樂志》曰：建鼓，殷所作。又棲翔鷺于其上，不知何代所加。然則漢曲蓋因飾鼓以鷺而名曲焉。○《譚苑醍醐》云：漢初，有朱鷺之瑞。故以鷺形飾鼓，又以《朱鷺》名鼓吹曲也。

朱鷺，魚以烏。古與「雅」同。叶音雅。本言鷺之威儀，魚魚雅雅，却用以字，奇絶。路訾邪，鷺何食？食茄古「荷」字。下。不之食，不以吐，將以問誅一作「諫」。者。不食不吐，即剛不吐、柔不茹意，隱「剛」「柔」字便不測。「問」字寫出汲汲求言之情。○只就朱鷺説，而建鼓求言，找一語意自淵然。

思悲翁

思悲翁，唐思，奪我美人侵以遇。悲翁也，設身處地，一句寫悲思已盡，故下以比體結之。但我思蓬首。一作「蕞」。「蓬首」不惟得其情，直見其狀矣。狗逐狡兔食交君。

梟子五，梟母六，拉沓高飛暮安宿。「交君」「拉沓」，目擊其狀，則寫悲益真。○狡兔、翠鳥借喻美人，狗與梟則奪者也。乃末二句但斥言梟，並隱翠鳥，故爲伸縮變幻，漢人最長此法，而「拉沓高飛」實指翠鳥言。

艾如張

艾與刈同，芟草也。如讀爲而。《穀梁傳》曰：「艾蘭以爲防，置旃以爲轅門。」謂因蒐狩以習武事也。蘭，香草也。言艾草以爲田之大防是也。

艾而張羅夷於何。行成之四時和。山出黄雀亦有羅，雀以高飛奈雀何？忽插此二句，見艾而張羅之妙。爲此倚欲，誰肯礞室。借黄鳥之避嘗羅，形出天子大狩百靈效命，用意最高。末二句則申明「黄雀」二句意，言嘗羅倚于欲，而大狩則行時和也。

上之回

《漢書·武帝紀》曰：元封四年，冬十月，行幸雍，祠五畤。通回中道，遂北出蕭關。回中地在安定。沈建《樂府廣題》曰：「漢曲皆美當時之事。」按石關，宫闕名，近甘泉宫。相如《上林賦》云「蹷石關，歷封巒」是也。

上之回，所中益。夏將至，行將北。以承甘泉宫寒暑德。游石闕，望諸國。月支臣，匈奴服。令從百官疾驅馳，千秋萬歲樂無極。行幸甘泉，本以避暑，而曰承寒暑德，至大至微，游望所經，宣威外域。言此行所關甚重，善于立詞矣。

翁離　一作「擁離」。

擁離趾中，可築室。何用葺之蕙用蘭。擁離趾中。「擁離」兼有之，二字已得離宫之妙；「趾中」言其地勢自然，非假人爲也。

戰城南

戰城南，死郭北，野死不葬烏可食。「可」字下得慘甚，「爲我」四句正「可」字意也。爲我謂烏：且爲客豪，野死諒不葬，腐肉安能去子逃？水深激激，蒲葦冥冥。梟騎戰鬬死，駑馬裴回鳴。梁築室，何以南？何以北？禾黍不獲君何食？願爲忠臣安可得？當時梁地實當戰衝，築壁供食，皆取足于此，事平而讒忌作，故詩人傷之。思子良臣，良臣誠可思。烈士死戰，安居執刀筆者且妄議之。思子良臣，正恨之也。朝行出攻，暮不夜歸。此篇詠亞夫拒七國事，功高賞薄，故託鬼雄以抒其悲憤。七國之變，亞夫以梁委之。城南郭北，俱就梁説，詩人爲梁怨漢，其辭如此。

巫山高

巫山高，高以大。淮水深，難以逝。我欲東歸，害梁不爲。我集無高，曳水何梁。湯湯回回，臨水遠望。泣下沾衣，遠道之人心思歸。謂之何？「遠道之人」故寬一步宕開説，妙，妙。○高帝初定天下，將士皆渡淮而西，其留屯關中者久旅思歸，托言爲淮水所阻也。「巫山高」借興淮水之深，故下俱承淮水説，後代擬者乃以山高寓求仙，去本題遠矣。

上陵

《古今樂録》曰：漢章帝元和中，有宗廟食舉六曲，加《重來》《上陵》二曲，爲上陵食舉。《後漢書·禮儀志》曰：正月上丁，祀南郊。次北郊，明堂，高廟，世祖廟，謂之五供。禮畢，以次上陵。西都舊有上陵。東都之儀，大官尚食，太常樂奏食舉。按古辭大略言神仙事，不知與食舉曲同否。

上陵何美美，下津風以寒。問客從何來，「客」即章末仙人也。言從水中央。桂樹爲君船，青絲爲君笮，木蘭爲君櫂，黄金錯其間。滄海之雀，赤翅鴻，白雁，本言滄海之雀、赤翅之鴻、白翅之雁，次句既省一「之」字，第三句又去一「翅」字，遂使讀者迷離。隨山林乍開乍合，曾不知日月明。醴泉之水，光澤何蔚蔚。芝爲車，龍爲馬。覽遨遊，四海外。甘露初二年，芝生銅池中。仙人下來飲，延壽千萬歲。寫仙客下遊，宛焉如覯其人，並所乘舟檝皆實指之。而雲鴻、醴水、龍馬、靈芝，極詠其盛，有酣縱之致。

將進酒

將進酒，乘太白，辨佳《宋書》作「加」。哉。詩審搏。《樂府詩集》作「博」。放故歌，心所作。同陰氣，詩悉索。使禹。良工觀者苦。獨舉禹者，禹聲爲律。又致孝乎鬼神，然非良工觀之，無以知其用心之苦也。○臨廟賦詩，必曲肖其祖功宗德，故宜辨而後加，博依之謂安，非審博弗能各當也。下言所賦通人情、協鬼意，而末乃極贊之。○古人讌享多賦成詩，度宗廟亦然。

君馬黄

君馬黄，臣馬蒼，二馬同逐臣馬良。既曰臣馬蒼，又云二馬同逐，亦自托于有過，而承之以臣馬良，見己之未忍與君絶也。○「蒼」「黄」總言馬之敗，以喻交之不終。易之有騩歸、愧二音。蔡有赭，易在北，蔡在南，皆産良馬之鄉，騩、赭則言其佳色。美人歸以南，駕車馳馬。美人傷我心！佳人歸以北，駕車馳馬。佳人安終極！忽南忽北，正借喻其馳騖無定之也。「美人」三句，見忠被謗、信獲疑，傷心無可如何。而「佳人」三句，終哀其馳騖日深，靡所底止也。○黄、蒼、良韻。南、心韻。北、極韻。○君臣，古人上下通稱。此首視《絶交篇》尤渾古可貴。○事君處友，中道棄捐，苦心無以自明，曲折寫出，一往見其忠厚悱惻，直匹《國風》矣。

芳樹

芳樹日月，君亂如於風。芳樹不上無心。温而鵠，三而爲行。「鵠」字下得妙絶。小人之惑其君，必曲當其心，如射者之中鵠也。至三而爲行，則黨羽已成，不可復制矣。臨蘭池，心中懷我悵。心不可匡，目不可顧，妬人之子愁殺人。君有他心，樂不可禁。

王將何似？如孫如魚乎？悲矣！「臨蘭池，心中懷我悵」。君固未能翻然于正人也，而究爲讒邪所蔽。其始「心不可匡」，彼必將曲引之；其後「目不可顧」，即欲更一晤而不能得；至「君有他心，樂不可禁」，直安小人而忘君子矣。○此刺讒之詩。寫其初終情事，歷歷如畫，直透徹雲泉矣。○何必減《巷伯》。

有所思

按《古今樂録》曰：漢大樂食舉第七曲亦用之。不知與此同否。

有所思，乃在大海南。何用問遺君？雙珠玳瑁簪，用玉紹繚之。聞君有他心，拉雜摧燒之。摧燒之，當風揚其灰。從今已往，勿復相思！相思與君絶。雞鳴狗吠，兄嫂當知之。妃呼狶！秋風肅肅晨風颸，東方須臾高知之。

此刺淫奔之詩。蓋既相棄，而其人復來，故歷叙以拒之。○其人不去，爲雞犬所見，必驚覺兄嫂，猶夜半事也，至涼風之來，則天欲明矣，須臾日高，家人並起，其情愈苦，故其詞愈危。○秋風雖肅，而此有甚焉，殆晨颸也，合看始盡致。○「東方須臾高」，不露「日」字，妙，妙。○看全詩，則擾擾通宵矣。句句促其行，實脈脈留之住也，入《鄭》《衛》三昧矣。

雉子班

雉子班，如此之干。雉梁無以吾翁孺。雉子知得，雉子高蜚止，黄鵠蜚之以千里。雉子之飛，枋榆之間耳，忽承之曰黄鵠千里，明其志之不可奪也。王可思。雄來蜚從雌，視子趨，一雉雉子。車大駕，馬騰被，王送行所中。堯羊蜚，從王孫行。王固可思，而雉之雄雌相逐、母子相依，天性終不得易。「車大駕」以下，則言君亦不强其必出而送之歸耳。○此篇賦招隱也。有道之君不迫人以必仕，而賢者超然色舉，故借雉子美之。○「班」與「斑」同，以喻其文彩。

聖人出

聖人出，陰陽和。美人出，遊九河。佳人來，騑離哉。何駕六飛龍，四時和。君之臣，明護不道。美人哉，宜天子。免甘星巫樂甫始。美人子，含四海。此篇美君巡幸，而並及其從遊之大臣也。「佳人」而下，君之臣，明護不道者。

上邪 一作「雅」。

上邪，「邪」與「耶」同，語助也。臨高爲壇，故以「上邪」起之。我欲與君相知，長命無絶衰。山無陵，江水爲竭，冬雷震震夏雨雪，天地合，乃敢與君絶。不言永好，而曰乃敢與君絶，語亦奇警。○此盟詛之詞。○視車笠詞渾渾浩浩，有古今之殊。○車笠以貴賤相形，便爲淺露。

臨高臺

臨高臺以軒，下有清水清且寒。江有香草目以蘭，黄鵠高飛離哉翻。關弓射鵠，令我主壽萬年。收中吾。劉履曰：篇末「收中吾」三字，其義未詳，疑曲調之餘聲，如《樂録》所謂「羊無夷」「伊那何」之類。○與虎賁射烏詞略同，而語意則超超奥着，直追三百。詩以括景爲第一義，即論漢人，弗能違也。

遠如期

一曰《遠期》。《宋書·樂志》有《晚芝曲》。沈約言舊史云詁不可解，疑是漢《遠期曲》也。

《古今樂録》曰：漢大樂食舉曲有《遠期》，至魏省之。

遠如期，益如壽。「遠如期」即起下句，言無涯之期，以祝無疆之壽，宜合二句看始得。處天左側，處天左則不制于天，可以斡天，使聽于我，故承之云云。大樂萬歲，與天無極。雅樂陳，佳哉紛。單于自歸，動如驚心。虞心大佳，萬人還來，謁者引鄉殿陳，累世未嘗聞之。增壽萬年亦誠哉！此篇言蠻羌朝賀，致祝天子，而因極詠其盛也。

石流《宋書》作「留」。

石流涼陽涼。石水流爲沙錫，以微河爲香。向始溪《宋書》作「谿」。冷將風揚，北逝肯無？敢與于陽。心邪懷蘭，志金安薄，北方開，留離蘭。此首是説武帝且戰且求仙，役人無已時。而北征之勞，尤甚于采丹砂爲黄金，故末段軒輊言之。托詠曰蘭者，尊君之詞，實即藥草也。○「于陽」當作「干陽」。

漢詩音注卷之六

頻陽李因篤子德　評
華陰王弘撰山史　閱
洽陽王　梓適菴　校

樂府古辭

相和歌辭

相和，漢舊曲也。絲竹更相和，執節者歌。本一部，魏明帝分爲二。晉荀勖採舊辭施用於世，謂之清商三調歌詩，即沈約所謂因絃管金石，造歌以被之者也。唐《樂志》云平調、清調、瑟調皆周房中曲之遺聲，漢世謂之三調。又有楚調，漢房中樂也。與前三調總謂之相和調。張永元《嘉技録》云：有吟嘆四曲，亦列于相和歌。又有大曲十五篇，分于諸調，唯《滿歌行》一曲諸調不載，故附見于大曲之下云。《晉書·樂志》曰：凡樂章古辭，今之存者，並漢世街頭謡謳，《江南可採蓮》《烏生八九子》《白頭吟》之屬也。

相和曲

箜篌引

一曰《公無渡河》。崔豹《古今注》曰：《箜篌引》，朝鮮津卒霍里子高妻麗玉所作也。子高晨起刺船，有一白首狂夫披髮提壺亂流而渡，其妻隨而止之，不及，遂墮河而死，于是援箜篌而鼓之，作《公無渡河》之曲。聲甚淒愴，曲終，亦投河而死。子高還，以其聲語其妻麗玉，麗玉傷之，乃作箜篌而寫其聲，名曰《箜篌引》。

公無渡河，公竟渡河。只二句，便有千聲萬聲。聲情相感，不知其所止。墮河而死，當奈公何！

江南後二句無韻。

江南可採蓮，蓮葉何田田。魚戲蓮葉間。魚戲蓮葉東，魚戲蓮葉西，魚戲蓮葉南，魚戲蓮葉北。

東光

東光乎！一作「平」，下同。蒼梧何不乎！蒼梧多腐粟，無益諸軍糧。諸軍遊蕩子，早行多悲傷。右一曲魏樂所奏。○今昔一轍，令我浩嘆。

薤露歌

亦曰《泰山吟行喪歌》。崔豹《古今注》曰：《薤露》《蒿里》，並哀歌也，本出田横門人。横自殺，門人傷之，爲作悲歌，言人命奄忽，如薤上露易晞滅也。亦謂人死魂魄歸于蒿里，故有二章。至孝武時，李延年乃分二章爲二曲，《薤露》送王公貴人，《蒿里》送士大夫庶人，使挽柩者歌之，亦呼爲挽歌。

薤上露，何易晞。露晞明朝更復落，人生一去何時歸。說得凜然。

蒿里曲

蒿里誰家地，聚斂魂一作「精」。魄無賢愚。慘甚。下「聚斂」字奇。鬼伯一何相催促，人命不得少踟躕。「地」當作「池」。

鷄鳴此曲前後辭不相屬，蓋采詩入樂合而成章耶？抑有錯簡紊誤也。後多倣此。

鷄鳴高樹巔，狗吠深宫中。蕩子何所之，天下方太平。刑法非有貸，柔協正亂名。黄金爲君門，碧玉爲軒古樂府有「闌」字。堂。上有雙尊酒，作使邯鄲倡。劉王碧青甓，後出郭門王。舍後有方池，池中雙鴛鴦。鴛鴦七十二，羅列自成行。鳴聲何啾啾，聞我殿東廂。兄弟四五人，皆爲侍中郎。五日一時來，觀者滿路傍。黄金絡馬頭，熲熲何煌煌。桃生露井上，李樹生桃傍。蟲來齧桃根，李樹代桃僵。樹木身相代，兄弟還相忘。右一曲魏晉樂所奏。○熟讀衛、霍諸傳，方知此詩寓意。○此詩必有所刺。首云蕩子何之，繼曰柔協亂名，中則追叙其盛時，既謂兄弟四五人皆爲侍中，何等赫奕，而末乃借桃李以傷之，蓋有權貴罹禍，其兄弟莫相爲理，雖僥倖得脱，刺之云云也。首尾乃正意，中故作詰曲，所謂定、哀多微辭耳。

烏生一曰烏生八九子。

烏生八九子，端坐秦氏桂樹間。唶我！秦氏家有遊遨蕩子，工用睢陽彊，音「强」，弓也。蘇合彈，左手持彊彈兩丸，出入烏東西。唶我！一丸即發中烏身，烏死魂魄飛揚上天。阿母生烏子時，乃在南山巖石間。唶我！人民安知烏子處，蹊徑窈窕安從通？白鹿乃在上林西苑中，射工尚復得白鹿脯。

唶我！黄鵠摩天極高飛，後宮尚復得烹煮之；鯉魚乃在洛水深淵中，釣鉤尚得鯉魚口。唶我！人民生，各各有壽命，死生何須復道前後。右一曲魏晉樂所奏。○彈鳥射鹿，煮鵠鉤魚，總借喻年壽之有窮，世途之難測，以勸人及時爲樂。而章法奇横伸縮，妙不可言。○「唶」託鳥語以發之，白鹿、鯉魚二段不用「唶」字，細甚。

平陵東

《樂府解題》曰：平陵東，漢翟義門人所作也。義爲丞相方進少子，爲東郡太守，以王莽篡漢，舉兵誅之不克而見害。門人作歌以怨之也。

平陵東，松柏桐，不知何人劫義公。劫義公，在高堂下。交錢百萬兩走馬。兩走馬，亦誠難。顧見追吏心中惻。心中惻，血出漉，歸告我家賣黄犢。右一曲魏晉樂所奏。○劫之不得而思之無窮，末語其感人深矣。

陌上桑《宋書》作《大曲》，一作《日出東南隅行》。

一曰《艷歌羅敷行》。崔豹《古今注》曰：邯鄲女子姓秦名羅敷，爲邑人千乘王仁妻。仁後爲趙王家令，羅敷出採桑于陌上，趙王登臺，見而悦之，因飲酒，欲奪之，羅敷乃彈箏，作《陌上桑》之歌以自明焉。又《樂府解題》曰：古詞言羅敷採桑，爲使君所邀，羅敷盛誇其夫以拒之，與前説不同。

日出東南隅，照我秦氏樓。秦家有好女，自名爲羅敷。羅敷善蠶桑，「善蠶桑」當作「喜蠶桑」。一語淡淡寫出貞女性情。採桑城南隅。青絲爲籠係，桂枝爲籠鉤。頭上倭墮髻，耳中明月珠。緗綺爲下裙，紫綺爲上襦。行者見羅敷，下擔捋髭鬚。少年見羅敷，脱帽着帩頭。微妙。耕者忘其犁，鋤者忘其鋤。來歸相怒怨，但坐觀羅敷。一解。○入怨者一語。使君從南來，五馬立踟躕。使君遣吏往，問是誰家姝。秦氏有好女，自名爲羅敷。羅敷年幾何？二十尚不足，十五頗有餘。使君謝羅敷，寧可共載不？羅敷前致辭：使君一何愚！「愚」字直寫得毒快。使君自有婦，使君自有婦，如聽高禪説法矣。羅敷自有夫。二解。東方千餘騎，夫壻居上頭。何用識夫壻？白馬從驪駒。青絲繫馬尾，黄金絡馬頭。腰中鹿盧劍，可值千萬餘。十五府小史，二十朝大夫。三十侍中郎，四十專城居。爲人潔白晳，鬑鬑頗有鬚。盈盈公府步，冉冉府中趨。坐中數千人，皆言夫婿殊。三解。前有艷辭曲後有趨。○右一曲魏樂所奏。○住得高絶。羅敷之不可犯，更不必言。○初極寫羅敷之艷，終盛誇其夫之賢，其拒使君止數語耳。此所謂爭上流法也。詩之高渾自然，横絶兩京矣。

同前

今有人，山之阿，被服薜荔帶女羅。既含睇，又宜笑，子戀慕予善窈窕。乘赤豹，從文狸，辛夷車駕結桂旗。被石蘭，帶杜衡，折芳拔荃遺所思。處幽室，終不見，天路險艱獨後來。表獨立，山之上，雲何容容而在下。杳冥冥，羌晝晦，東風飄飖神靈雨①。風瑟瑟，木㮕㮕，思念公子徒以憂。右一曲魏晉樂所奏。

【校】

① 飖，通志館本作「飄」。

吟歎曲

王子喬

王子喬，參駕白鹿雲中遨。參駕白鹿雲中遨，下遊來，王子喬。參駕白鹿上至雲，戲遊遨。上建逋陰廣里，踐近高結仙宮，過謁三台，東遊四海五岳上，過蓬萊紫雲臺。三王五帝不足令，令我聖朝應太平。養民若子事父明，當究天禄永康寧。玉女羅坐吹笛簫。嗟行聖人遊八極，鳴吐銜福翔殿側。聖主享萬年，悲吟皇帝延壽命。右一曲魏晉樂所奏。○篇法參差，漢詩之極用意者。

平調曲

長歌行

青青園中葵，朝露待日晞。陽春布德澤，萬物生光輝。西京吏治文章盡此十字。常恐秋節至，焜黄華葉衰。百川東到海，何時復西歸。少壯不努力，老大徒傷悲。春容和好，盛世之音。

同前二首《樂府》通作一首，嚴滄浪云「岧岧山上亭」以下其義不同，當别爲一首也。

仙人騎白鹿，髮短耳何長。《思悲翁》則見其蓬首，來仙人則見其髮短耳長，彌幻彌真，漢詩貫用此法。導我上太華，攬芝獲赤幢。來到主人門，奉藥一玉箱。主人服此藥，身體一有「一」字。日康强。髮白復一無「復」字。更黑，延年壽命長。岧岧山上亭，皎皎雲間星。遠望使心思，遊子戀所生。驅車出北門，遥觀洛陽城。凱風吹長棘，夭夭枝葉傾。黄鳥飛相追，咬咬弄音聲。佇立望西河，泣下沾羅纓。《藝文類聚》載魏文帝《明津詩》，與此大同而逸其半。

君子行

君子防未然，不處嫌疑間。瓜田不納履，李下不正冠。嫂叔不親授，長幼不比肩。勞謙得其柄，和光甚獨難。分兩段看。以「勞謙」二句爲正解，亦其中之關樞也。○得柄則爲勞謙，不得柄則爲和光，此高位所以貴下人，而處士不可不自重也。嫌疑之介，慎矣哉。周公下白屋，吐哺不及餐。一沐三握髮，後世稱聖賢。

清調曲

豫章行

白楊初生時，乃在豫章山。上葉摩青雲，下根通黄泉。涼秋八九月，山客持斧斤。我闕。□何皎皎，梯落闕。□□□。根株已斷絶，顛倒巖石間。大匠持斧繩，踞墨齊兩端。一驅四五里，枝葉自相捐。闕。□□□□□會爲舟船燔。身在洛陽宮，根在豫章山。多謝枝與葉，何時復相連。吾生百年闕。□，自闕。□□□俱。何意萬人巧，使我離根株。右一曲樂所奏。○如對三代鼎彝，見其殘缺處，令人撫之有餘思也。

董逃行

崔豹《古今注》曰：《董逃歌》，後漢遊童所作也。終有「董卓作亂，卒以逃亡」，後人習之以爲歌章，樂府奏之以爲警戒云。

吾欲上謁從高山，山頭危險道路難。遥望五嶽端，黄金爲闕班璘。但見芝草，葉落紛紛。一解。百鳥集來如煙，山獸紛綸，麟辟邪其端。鵾鷄聲鳴，但見山獸援戲相拘攀。二解。小復前行玉堂未，心懷流還。傳教出門來，門外人何求？所言欲從聖道求一得命延。三解。教敕凡吏受言，採取神藥若木端。玉兔長跪擣藥蝦蟇丸。奉上陛下一玉柈，服此藥可得神仙。四解。服爾神藥，莫不歡喜。陛下長生老壽，四面肅肅稽首。天神擁護左右，陛下長與天相保守。五解。○幻想直寫，樸淡參差，而音節殊遒。樂府之本也。

相逢行

一曰《相逢狹路間行》。《樂府解題》曰：古辭，文意與《鷄鳴曲》同。

相逢狹路間，道隘不容車。不知何年少，夾轂問君家。君家誠易知，易知復難忘。黄金爲君門，白玉爲君堂。堂上置尊酒，作使邯鄲倡。中庭生桂樹，華燈何煌煌。兄弟兩三人，中子爲侍郎。五日一來歸，道上自生光。黄金絡馬頭，觀者盈路旁。入門時左顧，但見雙鴛鴦。鴛鴦七十二，羅列自成行。音聲何噰噰，鶴鳴東西廂。大婦織綺羅，中婦織流黄，小婦無所爲，挾瑟上高堂。丈人且安坐，調絲方未央。右一曲晉樂所奏。蕩子遊俠邪，寫來恍恍惚惚，如遊仙之夢，不可名言。○賈長沙疏云：倡優得爲后飾。觀此詩即軒廬皆僭擬王侯矣。回憶青門舊遊，轉悽增盛衰之感。

長安有狹斜行

長安有狹斜，狹斜不容車。適逢兩少年，夾轂問君家。君家新市傍，易知復難忘。大子二千石，中子孝廉郎。小子無官職，衣冠仕洛陽。既曰無官職，又曰衣冠仕洛陽，世胄子弟，當自愧矣。三子俱入室，室中自生光。大婦織綺紵，中婦織流黄，小婦無所爲，挾琴上高堂。丈人且徐徐，調絃詎未央。此篇所刺尤深。○三子同遊，寫盡豪兒無理，此固所目擊也。○漢詩亦不多得。

瑟調曲

善哉行

此篇《宋書·樂志》亦作《古辭》，或以此爲子建詩。按子建擬《善哉行》爲《日苦短》，云「當來日大難」，則此非子建作矣。

來日大難，口燥脣乾。今日相樂，皆當喜歡。一解。經歷名山，芝草翻翻。仙人王喬，奉藥一丸。二解。自惜袖短，内手知寒。慚無靈輒，以報趙宣。三解。

月没參横，北斗闌干。親交在門，饑不及餐。四解。歡日尚少，戚日苦多。以何忘憂？彈箏酒歌。五解。淮南八公，要道不煩。參駕六龍，遊戲雲端。六解。○右一曲魏樂所奏。○詞旨錯雜，幾不可尋，而總以第一、第五兩解爲主。○漢人詩思緒紛披，幾不可理，而細繹之則歷歷自見。此篇言來者之難知，本勸人及時爲樂飲耳，忽而求仙，忽而報恩，忽而恤貧交，無倫無序，然念此數者將可奈何，大指所歸終于歡醉而已。第六解更説得幻妙，正與《十九首》「仙人王子喬，難可與等期。服食求神仙，多爲藥所誤」意同，見其決不可爲，不如眼前一杯酒也。

隴西行

王僧虔《技録》云：《隴西行》，歌武帝《碣石》、文帝《夏門》二篇。《通典》曰：秦置隴西郡，以居隴坻之西爲名。

天上何所有，歷歷種白榆。桂樹夾道生，青龍對道隅。鳳凰鳴啾啾，一母將九雛。漢詩之妙，多在發端。顧視世間人，爲樂甚獨殊。好婦出迎客，顔色正敷愉。伸腰再拜跪，問客平安不。望此等人如在天上，却用倒寫法，以「顧視世間人」一語渡之。請客北堂上，坐客氈氍毹。清白各異尊，酒上正華疏。酌酒持與客，客言主人持。却略再拜跪，然後持一杯。談笑未及竟，左顧敕中厨。促令辦麤飯，慎莫使稽留。廢禮送客出，盈盈府中趨。送客亦不遠，足不過門樞。「酌酒」以下逐事細寫，而自有駿馬驀坡之妙。緩來急受，咄咄入神。取婦得如此，齊姜亦不如。健婦持門户，亦勝一丈夫。此篇之辭，前後不屬。首四句乃與《步出夏門行》同而辭意復備。○必如此詩，方可謂《國風》好色而不淫。○隴西都護五涼，乃羣姓雜居之地，其俗自古如此，正於喧聚中寫出貞女矯然獨立之情，故爲奇絶。

步出夏門行

邪徑過空廬，好人常獨居。卒得神仙道，上與天相扶。獨居之效上與天通，許爲好人，即世之被此聲者鮮矣。而紛紛談内丹、爲男女，不亦悖哉！過謁王父母，乃在泰山隅。離天四五里，離天四五里，又三日斷五疋、織素五丈餘、東家有賢女等句，皆硬下如真，後惟少陵翁最善用之。道逢赤松俱。攬轡爲我御，將吾天上遊。天上何所有？歷歷種白榆。桂樹夾道生，青龍對伏趺。

折楊柳行《宋書》作《大曲》。

默默施行違，厥罰隨事來。先斷二句，後竟以叙事直結，不更照起語作議論，自是老成。末喜殺龍逢，桀放於鳴條。一解。祖伊言不用，紂頭懸白旄。指鹿用爲馬，胡亥以喪軀。二解。夫差臨命絶，乃云負子胥。戎王納女樂，以亡其由余。璧馬禍及虢，二國俱爲墟。三解。三夫成市虎，慈母投杼趨。卞和之刖足，接輿歸草廬。四解。○右一曲魏晉樂所奏。○看其逐段變换。

西門行《宋書》作《大曲》。

出西門，步念之。今日不作樂，當待何時？一解。○「當待何時」問得妙絶。世之愚者，自誤一生，「待」字正是病根。○自問奇。○吾亦疑之。夫爲樂，爲樂當及時。何能坐愁怫鬱，當復待來兹。二解。○待來日猶之待來年，勞勞畢生，無樂期矣。飲醇酒，炙肥牛。請呼心所歡，可用解愁憂。三解。人生不滿百，常懷千歲憂。晝短苦夜長，何不秉燭遊？四解。自非仙人王子喬，計會壽命難與期。自非仙人王子喬，計會壽命難與期！五解。〇疊句用得恰好。人壽非金石，年命安可期？貪財愛惜費，但爲後世嗤。六解。〇右一曲晉樂所奏。〇無可聊賴，其中所含甚長，然究解憂之方，如是而已。〇步步念此，寫出急情。

出西門，步念之。今日不作樂，當待何時？逮爲樂，逮爲樂，當及時。何能愁拂鬱？當復待來茲。釀美酒，炙肥牛。請呼心所懽，可用解憂愁。人生不滿百，常懷千歲憂。晝短苦夜長，何不秉燭遊？遊行去，去如雲。除弊車羸馬，爲自儲。右一曲本辭。〇結語妙絕，正與《唐風·山有樞》篇意同。言日恣遊遨，則雖弊車羸馬，爲自儲而適用矣。不然，雖有車馬，弗馳弗驅，將他人是愉，甚足悲也。

東門行《宋書》作《大曲》。

出東門，不顧歸。來入門，悵欲悲。盎中無斗儲，還視桁下浪反。上無懸衣。一解。拔劍出門去，兒女牽衣啼。他家但願富貴，賤妾與君共餔糜。二解。〇遊俠者正由富貴薰心，非但爲饑寒所迫，至餔糜可共，即處約無難矣。共餔糜。上用倉浪天故，下爲黄口小兒，今時清廉，難犯教言。君復自愛莫爲非。三解。○動之以天理昭昭，未必悟也。説至嬌兒在側、禍福相隨，即鐵石爲心當慄然思返矣。今時清廉，難犯教言。君復自愛莫爲非。行，吾去爲遲。平慎行，望君歸。四解。○「行吾去爲遲」，咎其既往，終勉以平慎，則冀補過於將來也。○平慎行而後望其歸，正見遊俠之犯教言出則無返理也。○遊俠者多爲盗耳，託其妻以誡之。詞旨悱然，感人最切。○右一曲晉樂所奏。

出東門，不顧歸。來入門，悵欲悲。盎中無斗米儲，還視架上無懸衣。拔劍東門去，舍中兒母一作「女」。牽衣啼。他家但願富貴，賤妾與君共餔糜①。上用倉浪天故，下當用此黄口兒。「上用倉浪天故，下當用此黄口兒」一連説，妙。天之祚善殄奸，必及其嗣，凜然可畏，足動暴夫之心矣。今非咄行，「今非咄行」以見往者之出于倉猝，倘一沉吟俯仰，當自知其不可爲耳。吾去爲遲。白髮時下難久居。右一曲本辭。

婦病行

婦病連年累歲，傳呼丈人前一言。當言未及得言，不知淚下一何翩翩。屬累君兩三孤子，莫我兒饑且寒。漢高賜惠帝詔曰「以如意母子相累」，每爲歔欷，况婦人乎？

屬累君兩三孤子，又云莫我兒饑且寒，此時已判其子之我憐，知終等於陌路矣。有過愼莫笪笞，行當折搖，思復念之。亂曰：抱時無衣，襦復無裏，閉門塞牖舍。孤兒到市，道逢親交，泣坐不能起。從乞求，與孤買餌，對交啼泣，淚不可止。我欲不傷，悲不能已，探懷中錢持受。交入門見孤啼索其母抱，謂後母耶，思前母耶？迸血滿空舍矣。裴回空舍中。行復爾耳，棄置勿復道。「行復爾耳」，其父聞之漠然無動于中也，故有末句。○道逢從乞一段，真有是事之理，至探錢授孤入門見啼以下，男兒愛後婦，萬古一轍矣。○人情反覆，父子猶然。託病婦垂訣之詞，傷心刺骨矣，終亂之以棄恩背故，謂之何哉！

孤兒生行

《孤兒生行》，一曰《孤兒行》，古詞。言孤兒爲兄嫂所苦，難與久居也。《歌録》曰：《孤兒生行》亦曰《放歌行》。

孤兒生，孤子遇生命獨當苦。父母在時，乘堅車，駕駟馬。父母已去，兄嫂令我行賈。南到九江，東到齊與魯。臘月來歸，不敢自言苦。頭多蟣虱，面目多塵。大兄言辦飯，大嫂言視馬。「大兄」二句，正見其兄之溺妻言而忘天，顯抑揚其詞，非有所寬也。上高堂，行取殿下堂。孤兒淚下如雨。使我朝行汲，暮得水來歸。手爲錯，足下無菲。一作「扉」。愴愴履霜，中多蒺藜。拔斷蒺藜，腸肉中愴欲悲。淚下渫渫，清涕纍纍。冬無複襦，夏無單衣。居生不樂，不如早去，下從地下黄泉。春氣動，草萌芽。三月蠶桑，六月收瓜。將是瓜車，來到還家。瓜車反覆，助我者少，啗瓜者多。收瓜一段，插入奇絶。夫行賈至齊淮之遠，臘後始歸，迨六月炎蒸，又有是役，蓋終歲無暇日矣。獨舉齧瓜者，亦嘿寓同根之譏。願還我蔕，兄與嫂嚴。獨且急歸，當興較計。曰「願還我蔕」，將以蔕自明也。又云「當興較計」，則出蔕亦不足塞責。數句之中，多少曲折。亂曰：里中一何譊譊，願欲寄尺書，將與地下父母。兄嫂難與久居。亂之末句，知不復可忍，孤兒亦自決矣，與上《婦病》篇同悲。○歷叙兄嫂之虐，只得「兄嫂令我行賈」六字，與「大兄言辦飰，大嫂言視馬」二句正寫耳，先後只就孤兒苦况痛切言之，兄嫂之威不寒而栗矣。○不曰孤弟而曰孤兒，直判其子于父母，痛絶兄嫂之辭也。

雁門太守行

《古今樂録》曰：王僧虔《技録》云：《雁門太守行》，歌古洛陽令一篇。《後漢書》曰：王渙字稚子，廣漢郪人也。父順，安定太守。涣敦儒學，習書讀律，舉茂才，除温令，遷兖州刺史，坐考妖言不實論。歲餘，拜侍御史。還爲洛陽令。政平訟理，發擿奸伏如神。元興初，病卒。百姓咨嗟，男女老壯相與奠醊以千數，爲立祠安陽亭西，每食輒絃歌而薦之。按其歌詞，歷叙涣本末，與本傳合，而題云《雁門太守行》，所未詳也。

孝和帝在時，思賢令，先思聖君，有良時不再見之悲。洛陽令王君。本自益州，廣漢蜀民，少行宦學，通五經綸。一解。明知法令，歷世衣冠。從温補洛陽令，治行致賢，擁護百姓，字養萬民。二解。外行猛政，内懷慈仁。文武備具，料民富貧。移惡子姓，《宋書》有「名五」二字。篇著里端。三解。傷殺人比伍，同罪對門。禁鍪矛八尺，捕輕薄少年，加笞決罪，詣馬市論。四解。無妄發賦，念在理冤，敕吏正獄，不得苛煩。財用錢三十，買繩禮一作「理」竿。五解。賢哉賢哉，我縣王君，臣吏衣冠。奉事皇帝，功曹主簿，皆得其人。六解。○第六段更寫得好，亦以見漢制守令得自辟其僚也。臨部居職，不敢行恩。清身苦體，夙夜勞勤。治有能名，遠近所聞。七解。天年不遂，早就奄昏。爲君作祠，安陽亭西。欲令後世，莫不稱傳。八解。○右一曲晉樂所奏。○此篇整調，而自落落疎疎。

艷歌何嘗行二首 一曰《飛鵠行》。《宋書》作《大曲》。

飛來雙白鵠，乃從西北方。十十五五，羅列成行。妻卒被病，行不能相隨。五里一返顧，六里一裴回。五里六里，如鳥之尋丈然，硬下乃見其悲。「銜汝」以下，直現飛鵠身自訴矣。吾欲銜汝去，口噤不能開。吾欲負汝去，毛羽何摧頹。樂哉新相知，憂來自別離。躇躊顧羣侣，淚下不自知。至情急響，通篇就飛鵠說，更高。念與君離别，氣結不能言。各各重自愛，「各各重自愛」與「贈子以自愛」俱妙。遠道歸還難。妾當守空房，閉門下重關。若生當相見，亡者會黄泉。今日樂相樂，萬歲期延年。《樂府》作「延年萬歲期」。〇《廣文選·飛鵠行》曰：「飛來雙白鵠，乃從西北來。十十將五五，羅列行不齊。忽然卒疲病，不能飛相隨。五里一返顧，六里一裴回。吾欲銜汝去，口噤不能開。吾欲負汝去，羽毛日摧頹。樂哉心相知，憂來生别離。躇躊顧羣侣，淚落縱横垂。今日樂相樂，延年萬歲期。」

艷歌行

翩翩堂前燕，冬藏夏來見。兄弟兩三人，流宕在他縣。故衣誰當一作「爲」。

補，新衣誰當綻？賴得賢主人，覽取爲吾組①。夫壻從門來，斜倚西北眄。語卿且勿眄，水清石自見。石見何纍纍，遠行不如歸。起二句如六義之興，既以見久旅忘歸，不及梁燕之知時，又起賢主人盈盈堂上，遂動夫壻之疑也。○「斜倚」《詩乘》作「斜柯」。○「石見何纍纍」承之曰「遠行不如歸」，接法高絶，非遠行何以有補衣之舉？故觸事思歸也。

【校】

①組，底本原作「組」，據通志館本改。

同前

南山石嵬嵬，松柏何離離。上枝拂青雲，中心十數圍。洛陽發中梁，松柏竊自悲。斧鋸截是松，松樹東西摧。持作四輪車，載至洛陽宮。觀者莫不歎，問是何山材。誰能刻鏤此，公輸與魯班。被之用丹漆，薰用蘇合香。本是南山松，今爲宮殿梁。公輸即魯班，而曰與，竟似兩人，然詩中正自不妨。○與《白楊》篇略同。

楚調歌

怨詩行 一曰《怨詩行歌》。

天德悠且長，人命一何促。百年未幾時，奄若風吹燭。嘉賓難再遇，人命不可續。齊度遊四方，各繫太山録。人間樂未央，忽然歸東嶽。當須盪中情，遊心恣所欲。結語正寫出無聊。

大曲

滿歌行

爲樂未幾時，遭時險巇，逢此百罹。伶仃荼毒，愁苦難爲。遥望極辰，天曉月移，憂來填心，誰當我知。戚戚多思慮，耿耿殊不寧。禍福無形，惟念古人，遜位躬耕。遂我所願，以兹自寧。自鄙棲棲，守此末榮。暮秋烈風，昔蹈滄海，心不能安。攬衣瞻夜，北斗闌干。星漢照我，去自無他。奉事二親，勞心可言。窮達天爲，智者不愁，多爲少憂。安貧樂道，師彼莊周。遺名者貴，子遐同遊。往者二賢，名垂千秋。飲酒歌舞，樂復何須。照視日月，日月馳驅。轗軻人間，何有何無？貪財惜費，此一何愚！鑿石見火，居代幾時？寫來可畏。爲當懽樂，心所得喜。安神養性，得保遐期。右一曲本辭。○凡戀戀仕途者，宜書一通，置之座隅。

爲樂未幾時，遭時險巇，逢此百罹。零丁荼毒，愁懣難支。遥望辰極，天曉月移。憂來填心，誰當我知。一解。戚戚多思慮，耿耿不寧。禍福無形。惟念古人，遜位躬耕。遂我所願，以兹自寧。自鄙山棲，守此一榮。二解。暮秋烈風起。西蹈滄海，心不能安。攬衣起瞻夜，北斗闌干。星漢照我去，去自無他。奉事二親，勞心可言。三解。窮達天所爲，智者不愁，多爲少憂。安貧樂正道，師彼莊周。遺名者貴，子熙同巇。往者二賢，名垂千秋。四解。飲酒歌舞，不樂何須。善哉照觀日月，日月馳驅，轗軻世間。何有何無？貪財惜費，此一何愚！命如鑿石見火，居世竟能幾時？但當歡樂自娱，盡心極所嬉怡。安善養君德性，百年保此期頤。「飲酒」下爲趨。○右一曲晉樂所奏。

舞曲歌辭

雜舞

淮南王篇《樂府》列在《晉拂舞歌》。

《漢武帝故事》曰：淮南王安好神仙，招方術之士，能爲雲雨。百姓傳云，淮南王得天子，壽無期。帝心惡之，使覘王，云能致仙人，與共遊處，變化無常，又能隱形飛行，服氣不食。帝聞而喜，欲受其道，王不肯傳，帝怒，將誅焉。王知之，出令與羣臣，因不知所之。《樂府解題》曰：古詞「淮南王，自言尊」，實言安仙去。

淮南王，自言尊。百尺高樓與天連。後園鑿井銀作牀，金瓶素綆汲寒漿。汲寒漿，飲少年。少年窈窕何能賢，揚聲悲歌音絶天。我欲渡河河無梁，願化雙黃鵠，還故鄉。還故鄉，入故里。徘徊故鄉，苦身不已。繁舞寄聲無不泰，徘徊桑梓遊天外。淮南王此詞，按其意責王之愚，爲羣小所蔽耳。《樂府解題》顧謂實言仙去，何也？○樓居者既無所得，久而歸。思歸，故其詞云云。末段懸擬，還鄉雖有力作之苦，而進退自如，其樂陶陶，比遊行天外矣。○「繁舞」句，就現前舞者説，此固舞曲也。

鐸舞歌詩

聖人制禮樂篇

《晉書·樂志》曰：《鐸舞詩》一篇，陳於元會。《唐書·樂志》曰：《鐸舞》，漢曲也。《古今樂録》曰：鐸，舞者所持也。木鐸制法度，以號令天下，故取以爲名。古鐸舞曲，有《聖人制禮樂》一篇，聲詞雜寫①，不復可辨，相傳如此。

昔皇文武邪彌彌舍善誰吾時吾行許帝道御來治路萬邪治路萬邪赫赫意黄運道吾治路萬邪善道明邪金邪善道明邪金邪帝邪近帝武武邪邪聖皇八音偶邪尊來聖皇八音來及來儀宋書作「義」邪同邪烏及來儀邪善草供國吾咄等邪烏近帝邪武邪近帝武邪武邪應節合用武邪尊邪應節合用酒期義邪同邪酒期義邪善草供國吾咄等邪烏近帝邪武邪近帝武武邪邪下音足木上爲鼓義耶應衆義耶樂邪邪延否已②耶烏已③禮祥咄等邪烏素女有絶其聖烏烏武邪

【校】

① 詞，通志館本作「詩」。
② 巳，通志館本作「已」。
③ 巳，通志館本作「已」。

巾舞歌詩

《唐書·樂志》曰：《公莫舞》，晉宋謂之《巾舞》。其説云：漢高祖與項籍會鴻門，項莊舞劍，將殺高祖，項伯亦舞，以袖隔之，且語莊云：公莫苦。楚人相呼曰公，言公莫害漢王也。漢人德之，故舞用巾，以像項伯衣袖之遺式。《古今樂録》曰：《巾舞》古有歌辭，訛異不可解。

吾不見公莫時吾何嬰公來嬰老時吾哺聲何爲茂時爲來嬰當思吾明月之土轉起吾何嬰土來嬰轉去吾哺聲何爲土轉南來嬰當去吾城上羊下食草吾何嬰下來吾食草吾哺聲汝何三年鋮縮何來嬰吾亦老吾平平門淫涕下吾何嬰何來嬰涕下吾哺聲昔結吾馬客來嬰吾當行吾度四州洛四海吾何嬰海何來嬰四海吾哺聲熇西馬頭香來嬰吾洛道吾治五丈度汲水吾意邪哺誰當求兒母何意零邪

錢健步哺誰當吾求兒母何吾哺聲三鍼一發交時還弩心意何零意弩心遙來嬰弩心哺聲復相頭巾意何零何邪相哺頭巾相吾來嬰頭巾母何何吾復來推排意何零相哺推相來嬰推非母何吾復車輪意何零子以邪相哺轉輪吾來嬰轉母何吾使君去時意何零子以邪使君去時使來嬰去時母何吾思君去時意何零子以邪思君去時思來嬰吾去時母何何吾吾

散樂

俳歌辭

一曰《侏儒導》，自古有之，蓋倡優戲也。《南齊書·樂志》曰：《侏儒導》，舞人自歌之。古辭俳歌八曲，前一篇二十二句。今侏儒所歌，摘取之也。《古今樂録》曰：梁三朝樂第十六，設俳技技兒，以青布囊盛竹篋，貯兩踒子，負束寫地，歌舞小兒二人，提沓踒子頭，讀俳云：「見俳不語，言俳澀所。俳作一起，四作敬止。馬無懸蹄，牛無上齒。駱駝無角，奮迅兩耳。半拆薦博，四角恭跱。」

俳不言不語，呼俳噏所。俳適一起，狼率不止。生拔牛角，摩斷膚耳。馬無懸蹄，牛無上齒。駱駝無角，奮迅兩耳。便肖俳語。

漢詩音注卷之七

潁陽李因篤子德　評
同里朱廷璟山輝　閲
洽陽王　梓適菴　校

樂府古辭

雜曲歌辭

蜨蝶行

蜨蝶之遨遊東園，奈何卒逢三月養子燕，接我苜蓿間。披之我入紫深宫中行，纏之傅欂櫨間。雀來燕，燕子見銜哺來，摇頭鼓翼，何軒奴軒。通篇就蜨蝶自言。妙，妙。○蝶爲燕攫，傅於欂櫨，而雀乃欲從旁取之，又慮爲燕所制，故未來蝶側，先翺翔于燕前也。「雀來燕」，不曰燕傍、燕前，而但云「來燕」①，爾時雀、燕耽耽相視，惟蝶傍觀爲能得其情也，寫來神妙。○末又帶出燕子待哺急情，總在蝶眼中，傳其阿堵，不可思議。○石生云：「雀來燕」句，漢人神手，後無問津者。

【校】

①通志館本「來」前有「雀」字。

傷歌行《外編》作魏明帝，《文選》《樂府》並作古辭。

《傷歌行》，側調曲也。古辭，傷日月代謝，年命遒盡，絶離知友，傷而作歌也。

昭昭素明月，輝光燭我牀。憂人不能寐，耿耿夜何長。微風吹閨闥，羅帷自飄揚。二句寫得悽微入情，即太白詩「羅幃舒卷，似有人開」也。攬衣曳長帶，屣履下高堂。東西安所之，裴回以徬徨。春鳥翻南飛，翩翩獨翱翔。悲聲命儔匹，哀鳴傷我腸。鳴鳥命侶，已起下意。感物懷所思，泣涕忽沾裳。佇立吐高吟，舒憤訴穹蒼。與蘇李詩同一感興，而語亦相配。

悲歌

悲歌可以當泣，遠望可以當歸。「當」字妙，可以當，不可以當也，看下接句自明。思念故鄉，鬱鬱纍纍。欲歸家無人，欲渡河無船。心思不能言，腸中車輪轉。

前緩聲歌

水中之馬，必有陸地之船。但有意氣不能自前。心非木石，荆根株數得復蓋天。當復思東流之水，必有西上之魚。不在大小，但有朝於。復來長笛續短笛，欲今皇帝陛下三千萬。第一段逆說，第二段順說，總以抒其憤思。命曰緩聲，當爲笛曲，而末則離調，用致祝于君也。○所謂離調致祝，如《南曲》之有合歌。

古詩爲焦仲卿妻作并序

漢末建安中，廬江府小吏焦仲卿妻劉氏爲仲卿母所遣，自誓不嫁。其家逼之，乃没水而死。仲卿聞之，亦自縊于庭樹。時人傷之，爲詩云爾。序簡。○自是漢人。

孔雀東南飛，五里一徘徊。發端得《國風》興體。○雎鳩以興后妃之至德，孔雀以興蘭芝之大節。十三能織素，十四學裁衣。十五彈箜篌，十六誦詩書。十七爲君婦，心中常苦悲。君既爲府吏，新婦、府吏，皆直遂入，語語寫出本色。守節情不移。一句狀出府吏質樸。○「守節」言其硜硜趨府，不爲新婦移情也。賤妾留空房，相見常日稀。鷄鳴入機織，夜夜不得息。三日斷五疋，大人一作「丈人」。故嫌遲。非爲織作遲，君家婦難爲。妾不堪驅使，徒留無所施。便可白公姥，及時相遣歸。觀下阿母云「吾意久懷忿，汝豈得自由」，則公姑之遣蘭芝，徵色發聲，非一日矣。蘭芝知其勢不能挽回，始向府吏言之。詩人叙事，先後互見耳。鍾伯敬乃云新婦不合先自求去，真强作解事也。府吏得聞之，堂上啓阿母：兒已薄禄相，幸復得此婦。結髮同枕席，黄泉共爲友。「結髮」二句，後面無數情事，已括于此。共事二三年，始爾未爲久。女行無偏斜，何意致不厚？阿母謂府吏：何乃太區區！此婦無禮節，舉動自專由。吾意久懷忿，汝豈得自由。東家有賢女，自名秦羅敷。可憐體無比，阿母爲汝求。便可速遣之，遣去慎莫留。府吏長跪告，伏惟啓阿母：今若遣此婦，終老不復取。阿母得聞之，槌牀便大怒：小子無所畏，何敢助婦語！吾已失恩義，會不相從許。府吏默無聲，再拜還入户。舉言謂新婦，哽咽不能語：我自不驅卿，逼迫有阿母。卿但暫還家，吾今且報府。不久當歸還，還必相迎取。以此下心意，慎勿違吾語。府吏謂新婦一段，俱臻自然。少一語不得，多一語不得，移一語不得。新婦謂府吏：勿復重紛紜。往昔初陽歲，謝家來貴門。奉事循公姥，進止敢自專？晝夜勤作息，伶俜縈苦辛。謂言無罪過，供養卒大恩。仍更被驅遣，何言復來還。妾有繡腰襦，葳蕤自生光。紅羅複斗帳，四角垂香囊。箱簾六七十，緑碧青絲繩。物物各自異，種種在其中。人賤物亦鄙，不足迎後人。留待作遺施，於今無會因。此四句，惋惻如聞其聲，千載下猶不忍讀。措詞之雅，直匹《國風》，悱惻深厚，至矣，至矣。○四句明是探府吏語，正以迎後人要之共死，惜府吏未悟也。時時爲安慰，久久莫相忘。鷄鳴外欲曙，新婦起嚴妝。著我繡裌裙，事事四五通。婦人衣飾將畢，然後着裙。「着我繡裌裙」，則妝成將出矣。「事事四五通」句，乃要其終言之，見自初妝以至妝成，每加一衣一飾，皆着後復脱，脱而復着，必四五更之，數數遲延，以捱晷刻也。遲回展轉，一句寫盡。○着畢則新婦去矣，故事事四五更之，借此稍延數刻也。足下躡絲履，頭上玳瑁光。腰若流紈素，耳著明月璫。指如削葱根，口如含珠丹。纖纖作細步，精妙世無雙。此處忽贊新婦一段，位置妙不可言。上堂拜一作「謝」。阿母，阿母怒不止：昔作女兒時，生小出野里。本自無教訓，兼愧貴家子。受母錢帛多，不堪母驅使。今日還家去，念母勞家裏。寫別阿母。直而含諷，故決去不得留也。却與小姑別，淚落連珠子：新婦初來時，小姑始扶牀。今日被驅遣，小姑如我長。勤心養公姥，好自相扶將。初七及下九，嬉戲莫相忘。出門登車去，淚落百餘行。別小姑一段，居然《二南》矣。○氏之獲罪阿母，未必不中于小姑。相別數言，極其婉妙。細細尋繹，則其中有怨焉。府吏馬在前，新婦車在後。隱隱何甸甸，俱會大道口。下馬入車中，低頭共耳語：誓不相隔卿！且暫還家去，吾今且赴府。不久當還歸，誓天不相負。此段府吏語，與初謂新婦意同，所重在「誓不相隔卿」「誓天不相負」爲深于前文也。正如莊子説鵬大于鵾，只用一「背」字，此只用二「誓」字，而前段見其宛爾，是段見其凜然矣。新婦謂府吏：感君區區懷！君既若見録，不久望君來。君當作磐石，妾當作蒲葦。蒲葦紉如絲，磐石無轉移。我有親父兄，性行暴如雷。恐不任我意，逆以煎我懷。使後人爲之，先入此段，乃云「君當作磐石」云云矣。○竟住。妙。○新婦之行，已判一死相謝，然初並不許以留，至此則漸易其語，若云感君之情將忍辱待之，而曰「不久望君來」。繼之以父兄之暴，恐所懷見翦，則逆知有變，而不輕露「死」字，必俟府吏先言之。何等用心。舉手長勞勞，二情同依依。敘二句，大章法。入門上家堂，進退無顏儀。阿母大拊掌：不圖子自歸！十三教汝織，十四能裁衣。十五彈箜篌，十六知禮儀。十七遣汝嫁，謂言無誓違。此段重一遍，然在阿母口中，故妙。汝今何罪過，不迎而自歸？蘭芝慚阿母：兒實無罪過。阿母大悲摧。此處簡得妙。○蘭芝自解無罪，只一句「阿母大悲摧」，若稍多則情理俱傷矣。略所必略也。然此句却斷斷少不得，蓋婦人被遣，乃大不幸，非此將有不可言者矣。還家十餘日，縣令遣媒來。云有第三郎，窈窕世無雙。年始十八九，便言多令才。阿母謂阿女：汝可去應之。阿女含淚答：蘭芝初還時，府吏見丁寧，結誓不別離。今日違情義，恐此事非奇。「違情義」説得真，已絕之矣。下又緩以二語，用安父兄也。自可斷來信，徐徐更謂之。阿母白媒人：貧賤有此女，始適還家門。不堪吏人婦，豈合令郎君？幸可廣問訊，不得便相許。媒人去數日，尋遣丞請還。説有蘭家女，承籍有宦官。云有第五郎，嬌逸未有昏。遣丞爲媒人，主簿通語言。直説太守家，有此令郎君。「直説」下得好，明是以威臨之，亦見前縣令三郎猶託詞也。既欲結大義，故遣來貴門。阿母謝媒人：女子先有誓，老姥豈敢言。阿兄得聞之，悵然心中煩。舉言謂阿妹：作計何不量！先嫁得府吏，後嫁得郎君。否泰如天地，足以榮汝身。不嫁義郎體，其往欲何云？府吏是府吏語，新婦是新婦語，兩阿母是兩阿母語，媒是媒語，阿兄是阿兄語，直於《風》《雅》之中見太史公。蘭芝仰頭答：理實如兄言。仰頭答，慘于含之口淚矣。謝家事夫壻，中道還兄門。處分適兄意，那得自任專。雖與府吏要，渠會永無緣。登即相許和，便可作昏婣。故作滿意之語，其死決矣。媒人下牀去，諾諾復爾爾。還部白府君：下官奉使命，言談大有緣。「言談大有緣」隱括上文，實居功之詞也。府君得聞之，心中大歡喜。視曆復開書，便利此月內。六合正相應，良吉三十日。今已二十七，卿可去成昏。交語速裝束，絡繹如浮雲。青雀白鵠舫，四角龍子幡，婀娜隨風轉。金車玉作輪，躑躅青驄馬，流蘇金縷鞍。齎錢三百萬，皆用青絲穿。雜綵三百疋，交廣一作「用」。市鮭珍。從人四五百，鬱鬱登郡門。盛寫迎親一段，見母兄之所以動心，而蘭芝必死府吏，真爲難及。阿母謂阿女：適得府君書，明日來迎汝。何不作衣裳，莫令事不舉。阿女默無聲，府吏默無聲，知其不遺；阿女默無聲，知其必死。此大章法。手巾掩口啼，淚落便如瀉。移我琉璃榻，出置前窗下。左手持刀尺，右手執綾羅。朝成繡裌裙，晚成單羅衫。前著繡裌裙，事事四五通，著之遲，見其不欲著。此朝成繡裌裙，晚成單羅衫，成之速，見其不欲成，各有其妙。〇氏自誓必死，所作鬼衣耳，故成之極速也。晻晻日欲冥，愁思出門啼。府吏聞此變，因求假暫歸。未至二三里，摧藏馬鳴哀。「摧藏」二字得其神理。摧之欲其速至也，藏之欲其無鳴也，然反以摧藏而致馬聲，自然之理。新婦識馬聲，躡履相逢迎。府吏所乘馬，新婦習見之，故識其聲，然亦是新婦度府吏聞變必來，側耳待之久矣，故遥聆其聲而識之，而父母與兄則不聞也。悵然遥相望，知是故人來。舉手拍馬鞍，嗟歎使心傷：自君别我後，人事不可量。果不如先願，又非君所詳。我有親父母，逼迫兼弟兄。以我應他人，君還何所望。此處對府吏一段，尚不肯露死意。〇「以我應他人」正與「不足迎後人」對説。府吏謂新婦：賀卿得高遷！磐石方且厚，可以卒千年。蒲葦一時紉，便作旦夕間。卿當日勝貴，吾獨向黄泉。新婦反説一段，正欲得此一句。新婦謂府吏：何意出此言？同是被逼迫，君爾妾亦然。黄泉下相見，勿違今日言。斷二句，又要二句，情理俱完。執手分道去，各各還家門。生人作死别，恨恨那可論。念與世間辭，千萬不復全。又叙六句，與前「勞勞」二句，爲大章法。府吏還家去，上堂拜阿母：今日大風寒。寒風摧樹木，嚴霜結庭蘭。兒今日冥冥，令母在後單。故作不良計，勿復怨鬼神。二語怨深，其死决矣。命如南山石，此句見其非命。四體康且直。此句見其非病。阿母得聞之，零淚應聲落：汝是大家子，仕宦於臺閣。慎勿爲婦死，貴賤情何薄！東家有賢女，窈窕艷城郭。阿母爲汝求，便復在旦夕。府吏再拜還，長歎空房中。作計乃爾立，轉頭向户裏，漸見愁煎迫。其日牛馬嘶，寫其凶危，至牛馬爲嘶，而父母冥然，何也？新婦入青廬。奄奄黄昏後，寂寂人定初。我命絶今日，魂去尸長留。相要以死，必府吏先言之，而府吏踐言，則在新婦後，情理俱盡。攬裙脱絲履，舉身赴清池。府吏聞此事，心知長别離。徘徊顧樹下，自掛東南枝。此段有急絃促柱不能成聲之妙，非簡也。○叙其相殉，只合如此，更多一語不得，多則呆筆鈍腕，了無足觀矣。兩家求合葬，合葬華山傍。東西植松柏，左右種梧桐。枝枝相覆蓋，葉葉相交通。中有雙飛鳥，自名爲鴛鴦。仰頭相向鳴，夜夜達五更。行人駐足聽，寡婦起傍徨。寡婦起傍徨，廉頑立儒，直寫出功效來。〇不必有其事，不可無其理。多謝後世人，戒之慎勿忘。此古今第一大篇，亦第一絶作，如對大羹玄酒，又如臨宗廟百官，叙事敷詞，俱臻神品。〇曲盡人情，而無刻畫之痕，篇法、句法、字法慘淡經營，然非有意爲照應者。至矣，至矣。後代惟老杜《北征》得其神理，他不足擬也。〇可以怨，可以興，可以羣，可以觀，諸美備具。〇最妙處出繡襦、别小姑、媒人議昏、太守迎婦，偏于閒處着色。《北征》山果、曉妝數段正祖此篇。〇篇中有詳有略，總非可以常法求也。〇高古樸淡，亦復夭矯離奇①。

【校】

① 復，通志館本作「非」。

枯魚過河泣

枯魚過河泣，何時悔復及。作書與魴鱮，相教慎出入！枯魚何泣，然非枯魚則何知泣也？寫得生動。「過河」字用得妙，「作書」更奇想。

樂府

行胡從何方，列國持何來？氍毹㲪㲪五木香，迷迭艾納及都梁。

雜歌一作《離歌》。

晨行梓道中，梓葉相切磨。與君別交中，繣如新縑維。一作「羅」。裂之有餘絲，吐之無還期。結語悲甚。

拾遺已下皆古歌辭，雜見諸書，今采附於此，其稱古詩者，别爲一卷于後。

猛虎行

饑不從猛虎食，暮不從野雀棲。「暮」字後人不能下。暮，日暮也。○以猛虎方野雀，危語悚人。野雀安無巢，遊子爲誰驕？此「驕」字較齊人驕妻妾更鄙。

上留田行

《古今注》曰：上留田，地名也。其地人有父母死，不字其孤弟者。隣人爲其弟作悲歌，以風其兄。《樂府廣題》曰：蓋漢世人也。

里中有啼兒，似類親父子。回車問啼兒，慷慨不可止。觀其詩意，似諷父之聽後婦，而不恤前子，《古今注》未合。○既曰「里中」，又云「似類」，責其父而不以爲子也，「回車」一問，中有無限不可言者矣，以「慷慨」二字括其不平。○「慷慨」二字用得好。前《婦病篇》，交語絮絮一段，只是此二字。

古八變歌

《選詩拾遺》曰：古歌有八變、九曲之名，未詳其義。李尤《九曲歌》曰：年歲晚暮時已斜，安得壯士挽日車。傅玄《九曲歌》曰：歲暮景邁羣光絶，安得長繩繫白日。全篇無傳，獨八變僅存，《樂府》諸書亦不收也。

北風初秋至，吹我章華臺。浮雲多暮色，似從崦嵫來。枯桑鳴中林，緯絡響空階。翩翩飛蓬征，愴愴遊子懷。故鄉不可見，長望始此回。與「昭昭素明月」篇意同，但分晝夜耳。

古歌

上金殿，著玉尊。延貴客，入金門。入金門，上金堂。東厨具肴膳，椎牛烹豬羊。主人前進酒，彈瑟爲清商。投壺對彈棋，博奕並復行。朱火颺煙霧，博山吐微香。清尊發朱顔，四座樂且康。今日樂相樂，延年壽千霜。亦導引之詞。

古歌

秋風蕭蕭愁殺人。出亦愁，入亦愁。座中何人，誰不懷憂？令我白頭。陡起陡接，言之憮然。故地多飈風，樹木何修修。離家日趨遠，衣帶日趨緩。「趨」字與「以」字俱妙。「以」字順，「趨」字峭。心思不能言，腸中車輪轉。

艷歌

又謂之《妍歌》。辭曰：「妍歌展妙聲，發曲吐令辭。」又：「泛泛江漢萍，飄蕩永無根。」又：

「庭中有奇樹，上有悲鳴蟬。」又：「青青陵中草，傾葉晞朝日。陽春被惠澤，枝葉可攬結。」皆《妍歌》之遺句也。

今日樂上樂，相從步雲衢。天公出美酒，河伯出鯉魚。青龍前鋪席，白虎持榼壺。南斗工鼓瑟，北斗吹笙竽。姮娥垂明璫，織女奉瑛琚。蒼霞揚東謳，青風流西歈。垂露成帷幄，奔星扶輪輿。直起直止，與「上金殿」一首篇法略同，此更爲奇肆矣。

古咄唶歌

棗下何攢攢，榮華各有時。棗欲初赤時，人從四面來。棗適今日賜，疑。誰當仰視之。

古歌銅雀詞

長安城西雙員闕，上有一雙銅雀宿。一鳴五穀生，再鳴五穀熟。

漢詩音注卷之八

頻陽李因篤子德　評
關門楊端本澍滋　閱
洽陽王　梓適菴　校

樂府古辭

雜歌謡辭

歌辭

平城歌

《漢書》曰：高祖自將兵三十二萬，擊韓王信。帝先至平城，步兵未盡到，冒頓縱精兵三十餘萬，圍帝于白登七日。漢兵中外不得救餉，樊噲時爲上將軍，不能解圍，天下皆歌之。後用陳平秘計得免。白登在平城東南，去平城十餘里。

平城之下一作「圍」。亦誠苦。七日不食，不能彀弩。

畫一歌一作《百姓歌》。

《漢書》曰：惠帝時，曹參代蕭何爲相國。初，高帝與何定天下，法令既明具。及參守職，舉事無所變更，一遵何之約束，于是百姓歌之。

蕭何爲法，較一作「講」。若畫一。曹參代之，守而勿失。載其清静，民以寧一。

淮南民歌

《漢書》曰：淮南厲王長，高帝少子也。長廢法不軌，文帝不忍置于法，迺載以輜車，處蜀嚴道邛郵，遣其子、子母從居。長不食而死。後民有作歌云云。帝聞之，迺追謚淮南王爲厲王，置園如諸侯儀。

一尺布，尚可縫。一斗粟，尚可舂。兄弟二人不相容。高誘作《鴻烈解》叙其辭曰：一尺繒，好童童。一升粟，飽蓬蓬。兄弟二人，不能相容。○以尺布斗粟形四海之富，真令聞之者無所解免。

衛皇后歌

《漢書》曰：衛子夫爲皇后，弟青貴震天下，天下歌之。

生男無喜，生女無怒。獨不見衛子夫霸天下。「霸」字奇。

鄭白渠歌

《史記》曰：韓聞秦好興事，欲罷之，毋令東伐。迺使水工鄭國間説秦，令鑿涇水，自中山西邸瓠口爲渠，並北山，東注洛，溉瀉鹵之地四萬餘頃，因名曰鄭國渠。《漢書》曰：太始二年，趙中大夫白公復奏穿渠。引涇水，首起谷口，尾入櫟陽，注渭中袤二百里，溉田四千五百餘頃，名曰白渠。民得其饒，歌之曰。

田於何所？池陽谷口。孔五切，下同。鄭國在前，白渠起後。舉鍤如雲，決渠爲雨。涇水一石，其泥數斗。古音「主」。且溉且糞，長我禾黍。衣食京師，億萬之口。涇水至沃，石水而泥數斗，渠易淤亦坐此。○觀此則知河渠相倚，爲書講水利自可足國食，非專恃轉漕也。

潁川歌

《漢書》曰：灌夫不好文學，喜任俠，已然諾。諸所與交通，無非豪桀大猾。家累數千萬，食客日數十百人，陂池田園，宗族賓客爲權利，橫潁川，潁川兒歌之。

穎水清，灌氏寧。穎水濁，灌氏族。

匡衡歌

衡字稚圭，東海承人也，世農夫。至衡，好學，家貧，傭作以供資用。尤精力過絶人，諸儒爲之語曰。

無説詩，匡鼎來。匡説詩，解人頤。

牢石歌一作《印綬歌》。

《漢書·佞幸傳》曰：元帝時，宦官石顯爲中書令，與僕射牢梁、少府五鹿充宗結爲黨友，諸附倚者皆得寵位。民歌之，言其兼官據勢也。

牢邪石邪，五鹿客邪。印何纍纍，綬若若邪。似羨之，實刺之也。

五侯歌

《漢書》曰：成帝河平二年，悉封舅大將軍王鳳庶弟譚爲平阿侯，商爲成都侯，立紅陽侯，根曲陽侯，逢時高平侯。五人同日封，故世謂之五侯。時五侯羣弟爭爲奢侈，後庭姬妾各數十人，羅鐘磬，舞鄭女，作優倡，狗馬馳逐；大治第室，起土山漸臺，洞門高廊，閣道連屬彌望。百姓歌之，言其奢僭如此。按傳稱成都侯穿長安城，引内灃水注第中大陂。曲陽侯第園中，土山漸臺類白虎殿。則穿城引水非曲陽，與歌辭不同。高都、外杜皆長安里名。

五侯初起，曲陽最怒。不言其暴而曰怒，雅辭也。壞厥高都，連竟外杜。土山漸臺西白虎。不曰比白虎而曰西，直與白虎爲一矣。言土山漸臺之西，惟白虎殿差足當之也。

樓護歌

《漢書》曰：樓護字君卿，爲京兆吏數年，甚多名譽。與谷永倶爲五侯上客。母死，送葬者致車二三千兩。閭里歌之曰：

五侯治喪，樓君卿。

尹賞歌

《漢書》曰：賞字子心，鉅鹿楊氏人。永始、元延間，上怠於政，貴戚驕恣，交通輕俠，藏匿亡命。長安中姦猾浸多，羣輩殺吏，受賕報讎。賞以三輔高第選守長安令，賞至，修治長安獄，穿地方深各數丈，致令辟爲郭，以大石覆其口，名爲虎穴。乃收捕輕薄少年惡子，得數百人，内穴中，覆以大石。百日後，令死者家自發取。親屬號哭，道路歔欷，長安歌之曰。

安所求子死，桓東少年場。生時諒不謹，枯骨後何葬。叶子郎反。

上郡歌

《漢書》曰：成帝時，馮野王爲上郡太守，其後弟立亦自五原太守徙西河、上郡。立居職公廉，治行略與野王相似，而多知，有恩貸，好爲條教。吏民嘉美野王、立相代爲太守，歌之曰。

大馮君，小馮君，兄弟繼踵相因循。聰明賢知惠吏民，政如魯衛德化鈞，周公康叔猶二君。

張君歌

《後漢書》曰：張堪，光武時爲漁陽太守。捕擊姦猾，賞罰必信，吏民皆樂爲用。乃於狐奴開稻田八千餘頃，勸民耕種，以致殷富。百姓歌之。

桑無附枝，麥穗兩岐。張君爲政，樂不可支。

朱暉歌

《後漢書》曰：暉字文季，建武中再遷臨淮太守。好節概，有所拔用，皆厲行士。諸報怨以義犯，率皆爲求其理，多得生濟；其不義之囚，即時僵仆。吏人畏愛，爲之歌曰。

彊直自遂，南陽朱季。吏畏其威，民懷其惠。二語守令之能事畢矣。

涼州歌一作《樊曄歌》。

《後漢書》曰：曄光武時爲天水太守，政嚴猛，好申韓法，善惡立斷。人有犯其禁者，率不生出獄，吏人及羌胡畏之，道不拾遺。涼州爲之歌。

遊子常苦貧，力子天所富。起二句先自責，好。寧見乳虎穴，不入冀府寺。大笑期必死，忿怒或見置。嗟我樊府君，安可再遭值。

董宣歌

《後漢書》曰：董宣字少平，光武時爲洛陽令。搏擊豪强，莫不震慄，京師號爲卧虎，歌之云。

枹鼓不鳴，董少平。枹，擊鼓杖也，音孚，字從木。

郭喬卿歌

《後漢書》曰：郭賀字喬卿，建武中爲尚書令。在職六年，拜荆州刺史，到官有殊政，百姓歌之。

厥德仁明，郭喬卿，中正朝廷上下一作「天下」。平。

鮑司隸歌

《列異傳》云：鮑宣、宣子永、永子昱，三世皆爲司隸，而乘一驄馬。京師人歌之。

鮑氏驄，三人司隸再入公。馬雖瘦，行步工。即其廉直可知。

通博南歌一作《行者歌》。

《後漢書·西南夷傳》曰：永平十二年，哀牢王柳貌遣子率種人内屬，顯宗以其地置哀牢、博南二縣，割益州郡西部都尉所領六縣，合爲永昌郡。始通博南山，度蘭倉水，行者苦之，作歌。

漢德廣，開不賓。度博南，越蘭津。度蘭倉，《漢書》注作「滄」。爲他人。起語似頌似諷，至「爲他人」，侈遠略者灰心矣。

廉范歌

《後漢書》曰：廉范字叔度，建初中爲蜀郡太守。成都民物阜盛，邑宇偪側，舊制禁民夜作，以防火災。而更相隱蔽，燒者日屬。范乃毁削前令，但嚴使儲水而已。百姓爲便，乃歌之。

廉叔度，來何暮。不禁火，民安作。叶則護反。平生無襦今五袴。一作「昔無襦今五袴」。

喻猛歌

和平時，蒼梧太守以清白爲治，郡頌之曰。

於惟蒼梧，交趾之域。大漢惟宗，遠以仁德。

陳臨歌

謝承《後漢書》曰：陳臨字子然，爲蒼梧太守。人遺腹子報父怨，捕得繫獄，傷其無子，令其妻入獄，遂産得男。人歌曰。

蒼梧陳君恩廣大，令死罪囚有後代。德參古賢天報施。「施」字疑作「配」字。

又

蒼梧府君惠及死，能令死人不絶嗣。

黎陽令張公頌

公與守相駕蜚魚，往來倏忽遠熹娱。慰此屯民寧厥苦。「苦」字疑作「居」字。

魏郡輿人歌

岑熙爲魏郡太守，招聘隱逸，與參政事，無爲而化。視事二年，輿人歌之。

我有枳棘，岑君伐之。我有蟊賊，岑君遏之。狗吠不驚，足下生氂。含哺鼓腹，焉知凶災？我喜我生，獨丁斯時。美矣岑君，於戲休兹！

范史雲歌

《後漢書》曰：范冉字史雲，桓帝時爲萊蕪長。遭母喪，不到官。後遁身於梁、沛之間，徒行敝服，賣卜于市。遭黨人禁錮，遂推鹿車，載妻子，捃拾自資。所止單陋，有時絶粒，窮居自若，言貌無改。閭里歌之。「冉」或作「丹」。

甑中生塵，范史雲。釜中生魚，范萊蕪。

劉君歌

《後漢書》曰：劉陶字子奇，潁川潁陰人，濟北貞王勃之後。桓帝時，舉孝廉，除順陽長。縣多奸猾，陶到官，宣募吏民有氣力勇猛，能以死易生者，得數百人，皆嚴兵待命。於是覆案姦軌，所按發若神。以病免，吏民思而歌之。

悒然不樂，思我劉君。何時復來，安此下民。

董逃歌 一作《靈帝中平中京都歌》。

《後漢書·五行志》曰：按董謂董卓也。言雖跋扈，縱其殘暴，終歸逃竄，至于滅族也。《風俗通》曰：卓以董逃之歌主爲己發，大禁絶之。楊孚《董卓傳》曰：卓改董逃爲董安。

承樂世，董逃。遊四郭，董逃。蒙天恩，董逃。帶金紫，董逃。行謝恩，董逃。整車騎，董逃。垂欲發，董逃。與中辭，董逃。出西門，董逃。瞻宫殿，董逃。望京城，董逃。日夜絶，董逃。心摧傷，董逃。

賈父歌

《後漢書》曰：中平元年，交阯屯兵，執刺史及合浦太守。靈帝敕三府精選能吏，有司舉賈琮爲交阯刺史。琮到部，訊其反狀，咸言賦斂過重，民不聊生，故聚爲盜。琮即移書告示，各使安其資業，招撫荒散，蠲復徭役，誅斬渠帥爲大害者，簡選良吏試守諸縣，百姓以安。巷路爲之歌。

賈父來晚，使我先反。今見清平，吏不敢飯。

皇甫嵩歌

《後漢書》曰：皇甫嵩字義真，安定朝那人。靈帝時，黄巾作亂，以嵩爲左中郎將，討賊數有功，拜左車騎將軍，領冀州牧，封槐里侯。嵩請冀州一年田租，以贍饑民，百姓歌曰。

天下大亂兮市爲墟，母不保子兮妻失夫，賴得皇甫兮復安居。

洛陽令歌

《長沙耆舊傳》曰：祝良字石卿，爲洛陽令。歲時亢旱，天子祈雨不得，良乃暴身階庭，告誠引罪，自辰至申，紫雲沓起，甘雨登降。人爲之歌。

天久不雨，烝人失所。天王自出，祝令特苦。精符感應，滂沱下雨。

崔瑗歌

《崔氏家傳》曰：崔瑗爲汲令，開溝造稻田，潟鹵之地，更爲沃壤，民賴其利，長老歌之。

上天降神明，錫我仁慈父，臨民布德澤，恩惠施以序。穿溝廣溉灌，決渠作甘雨。決渠而曰作甘雨，奇甚。人力可以贊天。

吴資歌

常璩《華陽國志》曰：泰山吴資，字元約，孝順帝永建中爲巴郡太守，屢獲豐年，人歌之云云。

其後資遷去，人思之，又歌云云。

習習晨風動，澍雨潤禾苗。我后恤時務，我人以優饒。

又歌

望遠忽不見，起句有《國風》之高致。惆悵當裴回。恩澤實難忘，悠悠心永懷。

爰珍歌

《陳留耆舊傳》曰：爰珍除六安令①，吏人訟息，教誨其子弟，歌之曰。

我有田疇，爰父殖置。我有子弟，爰父教誨。

【校】

①安，底本原闕，據通志館本補。

高孝甫歌

《陳留耆舊傳》曰：高慎字孝甫，敦質少華，嘿而好沉深之謀，爲從事，人謂之曰。

嶷然不語，名高孝甫。

襄陽太守歌

《襄陽耆舊傳》曰：襄陽太守胡烈有惠化，百姓歌曰。

美哉明后，雋哲惟嶷。陶廣乾坤，周孔則是。文武播暢，威震遐域。

隴頭歌二首

《秦川記》曰：隴西郡隴山，其上懸巖吐溜，於中嶺泉渟，因名萬石泉。泉溢漫散而下，溝澮皆注，故北人升此而歌云云。按漢横吹曲有《隴頭》而亡其辭，此或其遺也。梁鼓角横吹亦載此。

隴頭流水，流離四下。念我行役，飄然曠野。登高望遠，涕零雙墮。音節古甚。

隴頭流水，鳴聲幽咽。遥望秦川，肝腸斷絶。

匈奴歌

《十道志》曰：焉支、祁連二山皆美水草，匈奴失之，乃作此歌。

失我焉支山，令我婦女無顔色。失我祁連山，使我六畜不蕃息。

謡辭

武帝太初中謡

《拾遺記》曰：太初二年，大月氏國貢雙頭鷄，四足一尾，鳴則俱鳴。武帝置于甘泉故館，更以餘鷄混之，得其種類，而不能鳴。諫者曰：《詩》云「牝鷄無晨」。今雄類不鳴，非吉祥也。帝乃送還西域，行至西關，鷄反顧漢宫而哀鳴。故謡言云云。至王莽篡位，將軍有九虎之號，其後喪亂彌多，宫掖中生蒿棘，家無鷄鳴犬吠。

三七末世，鷄不鳴，犬不吠，宫中荆棘亂相繫，當有九虎爭爲帝。

元帝時童謡

《漢書·五行志》曰：元帝時童謡。至成帝建始二年三月戊子，北宫中甘泉稍上，溢出南流。井水，陰也；竈煙，陽也；玉堂、金門，至尊之居：象陰盛而滅陽，竊有宫室之應也。王莽生于元帝初元四年，至成帝封侯，爲三公輔政，因以篡位也。

井水溢，滅竈煙，灌玉堂，流金門。

長安謡

《漢書·佞幸傳》曰：成帝初，丞相、御史條奏石顯舊惡，及其黨牢梁、陳順，皆免官。顯與妻子徙歸故郡，憂懣不食，道病死。諸所交結，以顯爲官，皆廢罷。少府五鹿充宗左遷玄菟太守，御史中丞伊嘉爲雁門都尉，長安謡云。

伊徙雁，鹿徙菟。去牢與陳實無賈。讀曰「價」。○其義如價，其讀如「沽」。

成帝時燕燕童謡

《漢書·五行志》曰：成帝時童謡。後帝爲微行出遊，常與富平侯張放，俱稱富平侯家人。過河陽主作樂，見舞者趙飛燕而幸之，故曰「燕燕尾涎涎」，美好貌也。張公子，謂富平侯也。木門倉琅根，爲宫門銅鍰，言將尊貴也。後遂爲皇后。弟昭儀賊害後宫皇子，卒皆伏辜。所謂「燕飛來，啄皇孫。皇孫死，燕啄矢」者也。

燕燕，尾涎涎。徒見反。張公子，時相見。木門倉琅根。燕飛來，啄皇孫。皇孫死，燕啄矢。古，妙。

成帝時歌謠

《漢書·五行志》曰：成帝時歌謠也。桂赤色，漢家象。華不實，無繼嗣也。王莽自爲黄象，黄爵巢其顛也。

邪徑敗良田，讒口亂善人。桂樹華不實，黄雀巢其顛。昔爲人所羡，今爲人所憐。垂誡甚深，詞最古質。

鴻隙陂童謠 一作《王莽時汝南童謠》。

《漢書》曰：汝南舊有鴻隙大陂，郡以爲饒。成帝時，關東數水，陂溢爲害。翟方進爲相，與御史大夫孔光共遣掾行視，以爲决去陂水，其地肥美，省隄防費，而無水憂，遂奏罷之。及翟氏滅，鄉里歸惡，言方進請陂下良田不得，而奏罷陂云。王莽時常枯旱，郡中追怨方進，時有童謠。子威，方進字也。

壞陂誰？翟子威。飯我豆食羹芋魁。反乎覆，陂當復。誰云者？兩黄鵠。

王莽末天水童謡

《後漢書·五行志》曰：時隗囂初起兵于天水，後意稍廣，欲爲天子，遂被滅。囂少病蹇。吴門，冀郭門名也。緹羣，山名也。

出吴門，望緹羣。見一蹇人，言欲上天。令天可上，地上安得民？此謡真爲癡妄人寫照，末二句尤奇快。世多蹇者，可以悟矣。

更始時南陽童謡

《後漢書·五行志》曰：更始時，南陽有童謡。是時更始在長安，世祖爲大司馬，平定河北。更始大臣並僭專權，故謡妖作也。後更始遂爲赤眉所殺，是更始之不諧在赤眉也。世祖自河北興。

諧不諧，在赤眉。得不得，在河北。

後漢時蜀中童謡

《後漢書·五行志》曰：世祖建武六年，蜀中童謡。是時公孫述僭號于蜀，時人竊言王莽稱黄，述欲繼之，故稱白。五銖，漢家貨，明當復也，述遂誅滅。

黄牛白腹，五銖當復。奥甚。一「當」字寫出人心思漢來。

城中謡《玉臺》作《童謡歌》。

《後漢書》曰：馬后履行節儉，事從簡約。馬廖慮以美業難終，上疏長樂宫，以勸成德政：長安語云云。斯言如戲，有切事實。

城中好高髻，四方高一尺。城中好廣眉，四方且半額。城中好大袖，四方全匹帛。

會稽童謡

《後漢書》曰：張霸永元中爲會稽太守，時賊未解，郡界不寧，乃移書開購，明用信賞，賊遂束手歸附，不煩士卒之力。童謡歌曰。

棄我戟，捐我矛。盗賊盡，吏皆休。

同前

《益部耆舊傳》曰：張霸爲會稽太守，舉賢士，勸教講授，一郡慕化，但聞誦聲，又野無遺寇，民語曰。

城上烏鳴哺父母，府中諸吏皆孝友。

河内謡

《東觀漢記》曰：王渙除河内温令，商賈露宿，人開門卧。人爲作謡曰。

王稚子，代未有。平徭役，百姓喜。

順帝末京都童謡

《後漢書·五行志》曰：按順帝即世，孝質短祚，大將軍梁冀貪樹疏幼，以爲己功，專國號令，以贍其私。大尉李固以爲清河王雅性聰明，敦《詩》悦《禮》，加以屬親，立長則順，置善則固。而冀建白太后，策免固，徵蠡吾侯，遂即至尊。固是月幽斃於獄，暴屍道路，而太尉胡廣封安樂鄉侯，司徒趙戒厨亭侯，司空袁湯安國亭侯。京都童謡云。

直如弦，死道邊。曲如鈎，反封侯。

桓帝初小麥童謡

《後漢書·五行志》曰：桓帝之初，天下童謡。按元嘉中涼州諸羌一時俱反，南入蜀、漢，東抄三輔，延及并、冀，大爲民害。命將出衆，每戰常負，中國益發甲卒，麥多委棄，但有婦女穫刈之也。「吏買馬，君具車」者，言調發重及有秩者也。「請爲諸君鼓嚨胡」者，不敢公言，私咽語也。

小麥青青大麥枯，誰當穫者婦與姑，丈夫何在西擊胡。吏買馬，君具車。請爲諸君鼓嚨胡。鼓者正狀其咽，不敢誦言也。

城上烏童謡

《後漢書·五行志》曰：桓帝之初京師童謡。按此皆爲政貪也。城上烏，尾畢逋者，處高利獨食，不與下共，謂人主多聚斂也。公爲吏，子爲徒者，言蠻夷將叛逆，父既爲軍吏，其子又爲卒徒，往擊之也。一徒死，百乘車者，言前一人往討胡既死矣，後又遣百乘車往也。車班班，入河間者，言桓帝將崩，乘輿班班入河間迎靈帝也。河間姹女工數錢，以錢爲室金爲堂者，靈帝既立，其母永樂太后好聚金以爲堂也。石上慊慊春黄粱，言永樂惟積金錢，慊慊常若不足，吏人春黄粱而食之也。梁下有懸鼓，我欲擊之丞卿怒者，言永樂主教靈帝使賣官受錢，所祿非其人，天下忠篤之士怨望，欲擊懸鼓以求見，丞卿主鼓者亦復諂順①，怒而止我也。

城上烏，尾畢逋。公爲吏，子爲徒。一徒死，百乘車。車班班，入河間。河間姹女工數錢，以錢爲室金爲堂。石上慊慊春黄粱。梁下有懸鼓，我欲擊之丞卿怒。此篇其辭甚隱，解最得之。○「上」字刺得毒，結語妙有含蓄。

【校】

①諂，通志館本作「諂」。

桓帝初京都童謡

《後漢書·五行志》曰：延熹末，鄧皇后以譴自殺，乃以竇貴人代之。其父名武，字游平，拜城門校尉。及太后攝政，爲大將軍，與太傅陳蕃合心戮力，惟德是建，印綬所加，咸得其人，豪賢大姓，皆絶望矣。

游平賣印自有平，不避豪賢及大姓。

桓帝末京都童謡

《後漢書·五行志》曰：桓帝之末，京都童謡。按解，瀆亭屬饒陽，河間縣也。居無幾何，而桓帝崩，使者與解瀆侯皆白蓋車，從河間來。延延，衆貌也。是時御史劉鯈建議立靈帝，以鯈爲侍中，中常侍侯覽畏其親近，必當間己，白拜鯈泰山太守，因令司隸迫促殺之。朝廷少長思其功效，乃拔用其弟郃，致位司徒，此爲合諧也。

白蓋小車何延延。河間來合諧，河間來合諧！

桓帝末京都童謡

《後漢書·五行志》曰：按《易》曰：「拔茅連茹以其彙，征吉。」茅喻羣賢也。井者，法也。於時中常侍管霸、蘇康憎疾海内英哲，與長樂少府劉囂、太常許詠、尚書柳分尋、穆史佟、司隸唐珍等，代作脣齒。河内牢川詣闕上書：「汝、潁、南陽，上采虚譽，專作威福；甘陵有南北二部，三輔尤甚。」由是博考黄門北寺，始見廢閣。茅田一頃者，言羣賢多也。中有井者，言雖厄窮，不失其法度也。四方纖纖不可整者，言姦慝大熾，不可整理。嚼復嚼者，京都飲酒相强之辭也。言肉食者鄙，不恤王政，徒耽燕飲歌呼而已也。今年尚可者，言但禁錮也。

後年鐃者，而陳、竇被誅，天下大壞。

茅田一頃中有井，四方纖纖不可整。嚼復嚼，今年尚可後年鐃。《風俗通》作「譊」。

鄉人謡

初，桓帝爲侯時，受學於甘陵周福。及即位，擢爲尚書。時同郡房植有名，故云。

天下規矩房伯武，因師獲印周仲進。

任安二謡

《後漢書》曰：任安字定祖，廣漢綿竹人。少遊太學，受《孟氏易》，兼通數經。又從同郡楊厚學圖讖，究極其術。時人稱曰。

欲知仲桓，問任安。

又曰

居今行古，任定祖。

桓靈時童謡

舉秀才，不知書。察孝廉，父别居。

《後漢書》曰：桓靈之世，更相濫舉，人爲之謡。

又見《抱朴子》。

舉秀才，不知書。舉孝廉，父别居。寒素清白濁如泥，高第良將怯如黽。《譚苑醍醐》云：泥音涅，黽音篾，黽或音密，則泥當音匿，古音例無定也。《晉書》作「怯如鷄」，蓋不得其音而改之。〇此論最是。古音漸失，後人妄言轉叶，甚有改其字者，亭林先生《韻正》所爲作也。

靈帝末京都童謡

《後漢書・五行志》曰：靈帝之末，京師童謡。至中平六年，少帝登躡至尊，獻帝未有爵號，爲中常侍段珪等所執，公卿百官皆隨其後，到河上乃得來還。此爲非侯非王上北芒者也。

侯非侯，王非王，千乘萬騎上北芒。玩首二句，言非侯王，而繼之以千乘萬騎，是獻帝貴徵也。

二郡謡

《後漢書》曰：汝南太守宗資任功曹范滂，南陽太守成瑨亦委功曹岑晊。范滂字孟博，岑晊字公孝。二郡爲謡。

汝南太守范孟博，南陽宗資主畫諾。南陽太守岑公孝，弘農成瑨但坐嘯。

太學中謡見《陶淵明集》。

袁山松《後漢書》曰：桓帝時，朝廷日亂。李膺風格秀整，高自標尚，後進之士升其堂者，以爲登龍門。太學生三萬餘人，牓天下士，上稱三君，次八俊，次八顧，次八及，次八厨，猶古之八元、八凱也，因爲七言謡曰。

天下忠誠竇游平。大將軍、槐里侯，扶風平陵竇武，字游平。天下義府陳仲舉。太傅、高陽鄉侯，汝南平輿陳蕃，字仲舉。天下德弘劉仲承。侍中，河間樂成劉淑，字仲承。

右三君一云不畏强禦陳仲舉，九卿直言有陳蕃。

天下模楷李元禮。少傅，潁川襄城李膺，字元禮。天下英秀王叔茂。司空，山陽高平王暢，字叔茂。天下良輔杜周甫。太僕，潁川陽城杜密，字周甫。天下冰凌朱季陵。司隸校尉，沛國朱寓，字季陵。天下忠貞魏少英。尚書，會稽上虞魏朗，字少英。天下好交荀伯條。沛國潁陰荀翌，字伯條。天下稽古劉伯祖。大司農，博陵安平劉祐，字伯祖。天下才英趙仲經。太常，蜀郡成都趙典，字仲經。

右八俊

天下和雍郭林宗。有道，太原介休郭泰，字林宗。天下慕恃夏子治。太常，陳留圉夏馥，字子治。天下英藩尹伯元。尚書令，河南鞏尹勳，字伯元。天下清苦羊嗣祖河南尹，太山平陽羊陟，字嗣祖。天下琺金劉叔林議郎，東郡發劉儒，字叔林。天下雅志蔡孟喜冀州刺史，陳國項蔡衍，字孟喜。天下卧虎巴恭祖潁川太守，渤海東城巴肅，字恭祖。天下通儒宗孝初議郎，南陽安衆宗慈，字孝初。

右八顧《後漢書》無劉儒，有范滂。

海内貴珍陳子鱗。御史中丞，汝南召陵陳翔，字子鱗。海内忠烈張元節。衛尉，山陽高平張儉，字元節。海内謇諤范孟博。太尉掾，汝南細陽范滂，字孟博。海内通士檀文友。蒙令，山陽高平檀敷，字文友。海内才珍孔世元。洛陽令，魯國孔昱，字世元。《後漢書》云字元世。海内彬彬范仲真。太山太守，渤海重合范康，字仲真。海内珍好岑公孝。太尉掾，南陽棘陽岑晊，字公孝。海内所稱劉景升。鎮南將軍、荆州牧、武城侯，山陽高平劉表，字景升。

右八及《後漢書》無范滂，有翟超。

海内賢智王伯義。少府，東萊曲城王商，字伯義。《後漢書》作王章。海内修整蕃嘉景。郎中，魯國蕃嚮，字嘉景。海内貞良秦平王。北海相，陳留巳吾秦周，字平王。海内珍奇胡母季皮侍御史，太山奉高胡母班，字季皮。海内光光劉子相。太尉掾，潁川潁陰劉翊①，字子相。海内依怙王文祖，冀州刺史，東平壽張王考，字文祖。海内嚴恪張孟卓。陳留相，東平壽張張邈，字孟卓。海内清明度博平。荆州刺史，山陽湖陸度尚，字博平。

【校】

① 潁陰，底本原作「陰」，據通志館本改。

右八厨《後漢書》無劉翊，有劉儒。

京兆謡

《續漢書》曰：李燮拜京兆，詔發西園錢，燮上封事，遂止不發。吏民愛敬，乃爲此謡。

我府君，道教舉。恩如春，威如虎。剛不吐，柔不茹。愛如母，訓如父。不曰嚴而曰訓，其義尤深。

獻帝初童謡

《後漢書・五行志》曰：獻帝初童謡。公孫瓚以爲易地當之，遂徙鎮焉。乃修城積穀，以待天下之變。建安三年，袁紹攻瓚，瓚大敗，縊其姊妹妻子，引火自焚，紹兵趣登臺斬之。初，瓚破黄巾，殺劉虞，乘勝南下，侵據齊地，雄威大振，而不能開廓遠圖，欲以堅城觀時，坐聽圍戮，斯亦自易地而去世也。

燕南垂，趙北際，中央不合大如礪，唯有此中可避世。

獻帝初京都童謡

《後漢書·五行志》曰：獻帝元初，京都童謡。按千里草爲董，十日卜爲卓，凡别字之體，皆從上起，左右離合，無有從下發端者也。今二字如此者，天意若曰卓自下摩上，以臣陵君也。青青，暴盛之貌。不得生者，亦旋破亡。

千里草，何青青。十日卜，不得生。

興平中吴中童謡

《吴志》曰：初，興平中，吴中童謡。閶門，吴西郭門，夫差所生也。

黄金車，班蘭耳。開閶門，出天子。

建安初荆州童謡

《後漢書·五行志》曰：言自中興以來，荆州無破亂，及劉表爲牧，又豐樂，至此逮八九年。當始衰者，謂劉表妻當死，諸將並零落也。十三年無孑遺者，言十三年表又當死，民當移詣冀州也。

八九年間始欲衰，至十三年無孑遺。

弘農童謡

《陳留耆舊傳》曰：吴祐爲弘農令，勸善懲姦，貪濁出境。甘露降，年穀豐，童謡曰。

君不我憂，人何以休。不行界署，焉知人處。

閻君謡

《華陽國志》曰：閻慮字孟慶，爲綿竹令。以禮讓爲本，童謡曰。

閻君賦政明且昶，蠲苛去碎以禮讓。

京都謡

《後漢書·黄琬傳》云：舊制，光禄三四省郎①，以高功久次②，才德尤異者爲茂才異行。時權富子弟以人事得舉，而貧約守志者以窮迫見遺，京師爲之謡。

欲得不能，光禄茂才。「能」，乃來切。

【校】

① 三四省，通志館本作「舉三署」。

② 久，底本原作「九」，據通志館本改。

漢詩音注卷之九

頻陽李因篤子德 評
莘野康乃心孟謀 閲
洽陽王　梓適菴 校

無名氏

諺語附

楚人諺

《漢書》曰：季布爲任俠，有名，楚人諺曰。

得黄金百，不如得季布諾。

逐彈丸

《西京雜記》曰：韓嫣好彈，以金爲丸。一日所失者十餘。長安爲之語云云。京師兒童，每聞嫣出彈，輒隨之，望丸所落，便拾取焉。

苦饑寒，逐彈丸。

紫宫諺

《漢書》曰：李延年善歌，能爲新聲，與女弟俱幸武帝，時人語曰。

一雌復一雄，雙飛入紫宫。

路温舒引諺

初，孝武之世，張湯、趙禹之屬條定法令，禁網寖密。宣帝時，廷尉史路温舒上書。

畫地爲獄，議不入。刻木爲吏，期不對。

崔寔引里語

《政論》曰：每詔書所欲禁絶，雖重懇惻，駡詈極筆，猶復廢捨，終無悛意。故里語曰。

州郡記，如霹靂。得詔書，但掛壁。今古一轍。近代謡云：「朝奉詔旨，夕爲故紙。」可浩歎也。

東家棗

《漢書》曰：王吉少時居長安，其東家有棗樹垂吉庭中，吉婦取以啖吉，吉知而去婦。東家聞，欲伐其樹，鄰里共止之。因請吉還婦，爲之語云云。吉字子陽，瑯琊皋虞人。昭帝時爲博士、諫大夫。

東家棗樹，王陽婦去。東家棗完，去婦復還。

鄒魯諺

《漢書》曰：韋賢少子玄成，復以明經歷位，至丞相，故鄒、魯諺曰。

遺子黄金滿嬴，不如一經。「嬴」與「籯」同。

諸葛豐

《漢書》曰：諸葛豐，元帝擢爲司隸校尉，刺舉無所避，京師語曰。

間何闊，逢諸葛。言人相畏避，不得數數過從也。

三王

《漢書》曰：成帝時，王吉子駿爲京兆尹，試以政事。先是，京兆有趙廣漢、張敞、王尊、王章，至駿皆有能名。故京師稱曰。

前有趙張，後有三王。

五鹿

《漢書》曰：少府五鹿充宗貴幸，爲《梁丘易》。元帝好之，欲考其異同，令與諸《易》家論。充宗辯口，諸儒莫能抗。有薦朱雲者，召入，攝齊升堂，抗首而請，音動左右。故諸儒爲之語曰。

五鹿嶽嶽，朱雲折其角。

谷樓

《漢書》曰：樓護字君卿，精辯論議，常依名節，聽之者皆竦。與谷永俱爲五侯上客，長安號云云。言其見信用也。

谷子雲筆札，樓君卿喉舌。

張文

《漢書》曰：成帝爲太子，及即位，以張禹《論語》爲師，以上難數對以問經，爲《論語章句》獻之。諸儒爲之語云云。由是學者多從張氏，餘家寖微。

不欲爲《論》，念張文。

楊伯起

《東觀漢記》曰：楊震少學，受《歐陽尚書》於太常桓郁。經明博覽，無不窮究。諸儒爲之語曰。

關西孔子，楊伯起。

幘如屋

蔡邕《獨斷》曰：古幘無巾。王莽頭禿，乃始施巾。故語曰。

莽頭禿，幘如屋。

投閣

《漢書》曰：王莽簒位後，復上符命者，莽盡誅之。時楊雄校書天禄閣，使者欲收雄，雄恐，乃從閣自投，幾死。京師爲之語曰。

惟寂惟莫，自投于閣。爰清爰静，無作符命。

杜陵蔣翁

嵇康《高士傳》曰：蔣詡字元卿，杜陵人。爲兖州刺史，王莽爲宰衡，詡奏事到灞上，稱病不進，歸杜陵。荆棘塞門，舍中三逕，終身不出，時人諺曰。

楚國二龔，不如杜陵蔣翁。

竈下養

《東觀漢記》曰：更始在長安，所授官爵，皆羣小賈人，或膳夫庖人，長安爲之語曰。

竈下養，中郎將。爛羊胃，騎都尉。爛羊頭，關内侯。

南陽諺

《後漢書》曰：南陽太守杜詩，政治清平，百姓便之。又修治陂池，廣拓土田，郡内比室殷足，時人以方召信臣。南陽爲之語曰。

前有召父，後有杜母。

戴侍中

謝承《後漢書》曰：戴憑徵博士，詔公卿大會，羣臣皆就席，憑獨立。世祖問其意，對曰：博士説經皆不如臣，而坐居臣上，是以不得就席。帝令與諸儒難説，帝善之。後正旦朝賀，令羣臣説經，更相難詰，義有不通，輒奪其席，以益通者，憑遂重坐五十餘席。故京師語曰。

解經不窮，戴侍中。一曰「説不窮，戴侍中」。

井大春

嵇康《高士傳》曰：井丹字大春，扶風郿人。博學高論，京師爲之語曰。

五經紛綸，井大春。

劉太常

華嶠《後漢書》曰：劉愷爲太常，論議常引正大義，諸儒爲之語曰。

難經伉伉，劉太常。

楊子行

《續漢書》曰：楊政字子行，少好學，京師語曰。

説經鏗鏗，楊子行。

許叔重

《續漢書》曰：許慎字叔重，性醇篤，少博學經籍，馬融常推敬之。時人爲之語曰。

五經無雙，許叔重。

馮仲文

《三輔決録》曰：馮豹字仲文，後母遇之甚酷，豹事之愈謹。時人爲之語。

道德彬彬，馮仲文。

江夏黄童

《後漢》：黄香字文彊，江夏人。博學經典，究精道術。京師號曰。

天下無雙，江夏黄童。

白眉

《襄陽耆舊傳》曰：蜀馬良字季常，宜城人也。兄弟五人，並有才名，鄉里爲之諺。良眉中有白毛，故以稱之。

馬氏五常，白眉最良。

魯國孔氏

《孔叢子》曰：子和二子，長曰長彦，次曰季彦。甘貧味道，研精墳典，十餘年間，會徒數百。故時人爲之語曰。

魯國孔氏好讀經，兄弟講誦皆可聽。學士來者有聲名，不過孔氏那得成。

胡伯始

太傅胡廣，周流四公三十餘年，歷事六帝，禮任極優。練達故事，明解朝章。雖無謇謇直言之風，屢有補闕之益。故京師諺曰。

萬事不理問伯始，天下中庸有胡公。廣字伯始。

避驄

《後漢書》曰：桓典字公雅，靈帝時爲侍御史。是時宦官秉政，典執正無所回避。常乘驄馬，京師畏憚，爲之語曰。

行行且止，避驄馬御史。行行而復止，亦亂世之音也。

考城諺

《後漢書》曰：仇覽字季智，一名香，陳留考城人。爲蒲亭長。初到亭，有陳元之母詣覽，告元不孝。覽以善言勸慰之，母聞感悔，涕泣而去。覽乃親到元家，與其母子飲，因爲陳人倫孝行，譬以禍福。元卒成孝子。鄉邑爲之諺曰。

父母何在在我庭，化我鴟梟哺所生。「鴟」一作「鳴」。

朱伯厚

《後漢書》曰：朱震字伯厚，爲州從事，奏濟陰太守贓罪之數，諺曰。

車如鷄棲馬如狗，疾惡如風朱伯厚。《詩紀》《詩乘》無「惡」字。

太常妻

應劭《漢官儀》曰：北海周澤爲太常，恒齋，其妻憐其年老疲病，窺内問之。澤大怒，以爲干齋，掾吏叩頭爭之，不聽，遂收送詔獄，并自劾。論者非其激發，諺曰。

居世一作「代」。不諧，爲太常妻。一歲三百六十日，三百五十九日齋，一日不齋醉如泥。既作事，復低迷。

縫掖自此至「作奏」語，並見《太平御覽》。其中有世代不詳者，《御覽》雜置漢人中，俟再考訂。

《續漢書》曰：皇甫規，安定鄉人。有以貨買雁門太守者，亦還家，書刺謁規，規卧不迎。有頃，白王符在門，規驚遽而起，倒屣出迎。時人爲之語曰。

徒見二千石，不如一縫掖。

荀氏八龍

《續漢書》曰：荀爽字慈明，幼而好學，耽思經書。慶弔不行，徵命不應。潁川爲之語曰。

荀氏八龍，慈明無雙。

公沙六龍

袁山松《後漢書》曰：公沙穆有六子，時人號曰。

公沙六龍，天下無雙。

帳下壯士

《江表傳》曰：典韋容貌魁傑，名冠三軍，其所恃手戟長幾一尋①，軍中爲之語曰。

帳下壯士有典君，手持雙戟八十斤。

【校】

① 恃，通志館本作「持」。

郭君

《江表傳》曰：郭典字君業，爲鉅鹿太守，與中郎將董卓攻黄巾賊張寶於曲陽。典作圍塹，卓不肯，典獨于西當賊之衝，晝夜進攻，寶由是城守，不敢出。時人爲之語曰。

郭君圍塹，董將不許。幾令狐狸，化爲豺虎。賴我郭君，不畏强禦。轉機之間，敵爲窮虜。猗猗惠君，實完疆土。

柳伯騫

《江表傳》曰：柳琮字伯騫，所拔進皆爲時所稱，致位牧守，鄉里爲諺曰。

得黄金一笥，不如爲柳伯騫所識。

繆文雅

皇甫謐《達士傳》曰：繆斐字文雅，代修儒學，繼踵六博士，以經行修明，學士稱之。故時人爲之語曰。

素車白馬，繆文雅。更不言其人之才品，而思之悠然。

許偉君

《陳留風俗傳》曰：許晏字偉君，授《魯詩》于瑯琊王，改學曰《許氏章句》，列在儒林。故諺曰。

殿上成羣，許偉君。

王君公

《語林》曰：王君公遭亂不去，儈牛自隱。時人爲之語曰。

避世墻東，王君公。《高士傳》曰：君公明《易》。爲郎，數言事不用，免歸。詐狂儈牛，口無二價也。

時人語

《曹操別傳》曰：呂布驍勇，且有駿馬，時人爲之語曰。

人中有吕布，馬中有赤兔。

相里諺

《文士傳》曰：留侯七世孫張讚，字子卿。初居吴縣相人里，時人諺曰。

相里張，多賢良。積善應，子孫昌。

袁文開

《英雄記》曰：袁紹父成，字文開，貴盛，自梁冀以下皆與交，言無不從，京師諺曰。

事不諧，詣文開。

五門

《三輔決録》曰：五門子孫，凡民之五門。今在河南西四十里，澗、穀、洛三水之交。傳聞馬氏兄弟五人，共居此地，作五門客舍，因以爲名。主養豬賣豚，故民爲之語曰。

苑中三公，館下二卿。五門嚾嚾，但聞豚聲。

賈偉節

《三輔決録》曰：賈彪兄弟三人，並有高名，彪最優，故天下稱曰。

賈氏三虎，偉節最怒。

作奏

邯鄲氏《笑林》曰：桓帝時，有人辟公府掾者，倩人作奏記文，人不能爲作，因語曰：梁國葛龔者，先善爲記文，自可爲用，不煩更作。遂從人言寫記文，不去龔名姓。府公大驚，不答而罷歸。故時人語曰。

作奏雖工，宜去葛龔。

李鱗甲

《江表傳》曰：諸葛亮表都尉李嚴。嚴少爲郡職吏，用性深剋，苟利其身。鄉里爲嚴諺曰。

難可狎，李鱗甲。

諸葛諺

《晉漢春秋》曰①：諸葛亮卒，楊儀整軍而出，宣王不逼，百姓諺曰。

死諸葛，走生仲達。

【校】

① 春，底本原作「書」，據通志館本改。

郭氏語以下增

《拾遺記》云：郭况者，光武皇后弟也。累金數億，錯拾寶以飾臺榭，懸明珠於四垂。晝視之如星，夜望之如日。里語曰。

洛陽多錢郭氏室，夜日晝星富無匹。

少林

《益都耆舊傳》云：王忳字少林，詣京師，於客邸見諸生病甚困，生謂忳曰：腰下有金十斤，願以相與，乞收藏屍骸。未問姓名，呼吸因絶。忳賣金一斤，以給棺索，九斤置生腰下。後署大度亭長，到亭日，有馬一匹至亭中，其日大風，有一繡被隨風來。後忳騎馬突入它舍，主人見曰：得真盜矣。忳説得狀，又取被示之，彦父悵然曰①：被馬俱止卿，有何陰德？忳具説葬諸生事。彦父曰：此吾子也，姓金名彦。遣迎彦喪，餘金俱存。民謡之曰。

信哉少林世爲遇，飛被走馬與鬼遇。

【校】

① 悵，底本原作「張」，據通志館本改。

石里

《商氏世傳》云：商亮字子華，舉孝廉，到楊城，遇兩虎爭一羊。亮按劍直前，斬羊虎，乃各以其一半去。時人爲之謡曰。

石里之勇商子華，暴虎見之藏爪牙。

雷陳

《後漢書》云：雷義字仲公，豫章鄱陽人。舉茂才，讓于陳重，刺史不聽，義遂佯狂，走不應命。鄉里爲之語曰。

膠漆自謂堅，不如雷與陳。

游幼齊

《三輔決録》云：游殷字幼齊，爲胡軫所害。月餘，軫得病，但言「伏，伏，游幼齊將鬼來」，於是遽死。關中諺曰。

生有知人之明，死有責人之靈。

封使君

《述異記》云：漢宣城守封劭化爲虎，食郡民，時人語曰。

無作死封君，生不治民死食民。

孔明

《襄陽耆舊傳》云：黄承彦高爽開朗，爲沔南名士。謂孔明曰：聞君擇婦，身有醜女，黄頭黑面，才堪相配。孔明許，即載送之。鄉里爲之諺曰。

莫作孔明擇婦，正得阿承醜女。

漢詩音注卷之十

頻陽李因篤子德　評
洽陽王又旦黄湄　閲
洽陽王　梓適菴　校

無名氏

古詩十九首

三百五篇後，定以《十九首》爲的傳箕裘。無妙不備，却又渾含蘊藉，元氣盎然，在漢人中亦朱絃而疎越矣。

鍾嶸《詩評》曰：《古詩》體源，出于《國風》。陸機所擬十四首，文温以麗，意悲而遠。驚心動魄，可謂幾乎一字千金。其外「去者日以疎」五首，雖多哀怨，頗爲總雜。舊疑是建安中曹、王所製。「客從遠方來」「橘柚垂華實」，亦爲驚絶矣。人代冥滅，而清音獨遠。悲夫！

行行重行行，與君生別離。「生」字有力。元美乃欲作成語詁之，有何意味？相去萬餘里，各在天一涯。道路阻且長，會面安可知。一作「期」。胡馬依北風，越鳥巢南枝。二句忽一宕，妙。相去日已遠，衣帶日已緩。《詩乘》作「以遠」「以緩」，「以」字勝。浮雲蔽白日，遊子不顧返。思君令人老，歲月忽已晚。上云「思君令人老」，下忽接云「歲月忽已晚」，遠近緩急，其妙入微。棄捐勿復道，努力加餐飯。化四言爲五，置之《風》《雅》中殆不能辨，此氣候未可强齊也。

青青河畔草，鬱鬱園中柳。起二句，意徹全篇，蓋閨情惟春獨難遣也。盈盈樓上女，皎皎當牕牖。娥娥紅粉妝，纖纖出素手。疊字如貫珠，而妙有次第，然所最賞者正以其用疎也。昔爲倡家女，今爲蕩子婦。蕩子行不歸，空牀難獨守。愈真愈難。○美其守真而曰空牀難獨守。惟守而後知其難，則益見其真，此意漢以下無津逮者矣。漢人高處，在阿堵中。○《玉臺》作枚乘。

青青陵上柏，磊磊澗中石。人生天地間，忽如遠行客。合上首看其發端，皆妙有關合。人生如客，睹陵柏當默觸于心也。○陵柏青青，而逝者不可作矣，所感在此。斗酒相娛樂，聊厚不爲薄。轉于歡宴中發其無聊，已是高一層寫。○阮、陶諸公獨解此意。驅車策駑馬，遊戲宛與洛。洛中何鬱鬱，冠帶自相索。「自相索」寫出惟日汲汲。長衢羅夾巷，王侯多第宅。兩宮遥相望，雙闕百餘尺。極宴娛心意，戚戚何所迫。宴娛在前，憂從中來，古惟達人多情，可與言此。○項王至垓下，灑泣數行。漢高飲沛中，亦灑泣數行。悲歡雖殊，所感一也。未易爲俗人言。

今日良宴會，歡樂難具陳。彈箏奮逸響，新聲妙入神。令德唱高言，識曲聽其真。「令德唱高言，識曲聽其真」。惟識者聆音，始真爲能推及令德，此古人所以重知己也。齊心同所願，含意俱未伸。「含意未伸」，即在下數語内。人生寄一世，奄忽若飆塵。何不策高足，先據要路津。無爲守窮賤，轗軻長苦辛。憤語，正以自待之卑爲妙。唐以後便高裝身分矣。○與「青青陵柏」篇感寄略同，而厥懷彌憤。

西北有高樓，上與浮雲齊。超世絶俗，託之高樓，下視塵埃中人，一往迫其局促矣。交疎結綺牕，阿閣三重階。上有絃歌聲，音響一何悲。誰能爲此曲？無乃杞梁妻。清商哀調，故云無乃杞梁妻。此本普悲千古才人，杞梁妻止是借喻善哭耳。清商隨風發，中曲正徘徊。「中曲正徘徊」，蘊于中者深矣。一彈再三歎，慷慨有餘哀。不惜歌者苦，但傷知音稀。正平、子長千載傷心，在此數語。願爲雙鴻鵠，奮翅起高飛。結二句似另宕一意，與上絶不粘，然愈遠愈合，愈疎愈切。蓋天下無知音，而歌者聽者乃願爲雙鵠高飛。真有俯視一世之意。接法漢人獨絶。○《玉臺》作枚乘。

涉江采芙蓉，蘭澤多芳草。采之欲遺誰？所思在遠道。還顧望舊鄉，接法高。長路漫浩浩。同心而離居，憂傷以終老。《玉臺》作枚乘。〇思友懷鄉，寄情蘭芷。《離騷》數千言，括之略盡。〇曰「遠道」，則未必故鄉，亦未必非故鄉也。「還顧」似另宕一意，而結語仍迴抱之。若合若離，如晴空裊絲矣。

明月皎夜光，促織鳴東壁。玉衡指孟冬，《補注》云：當作「秋」。衆星何歷歷。白露霑野草，時節忽復易。秋蟬鳴樹間，玄鳥逝安適。昔我同門友，高舉振六翮。不念攜好手，棄我如遺跡。南箕北有斗，牽牛不負軛。良無磐石固，虚名復何益。責反掉此意，亦見其厚。〇俯仰寥闊，憂從中來，感時序之易移，悲草蟲之多變，而故交天上，遠者日疎，星漢悠悠，修名自悼。其大指如此。

冉冉孤生竹，結根泰山阿。與君爲新昏，兔絲附女蘿。兔絲生有時，夫婦會有宜。千里遠結昏，悠悠隔山陂。思君令人老，軒車來何遲。傷彼蕙蘭花，含英揚光輝。過時而不采，將隨秋草萎。君亮執高節，賤妾亦何爲。《樂府》載此。〇《文心雕龍》曰：「孤竹」一篇，傅毅之辭。〇每讀此，有超然獨立、撫壯及時之感，而終之曰「君亮執高節，賤妾亦何爲」，可謂發乎情，止乎禮矣，正與躁進者痛加針砭。〇莘野、南陽，一結盡其出處。

庭中有奇樹，緑葉發華滋。攀條折其榮，將以遺所思。馨香盈懷袖，路遠莫致之。此物何足貴，但感别經時。〇《玉臺》作枚乘。〇所貴在庭樹，所感在久别，亦同心離居之悲也。

迢迢牽牛星，皎皎河漢女。纖纖濯素手，扎扎弄機杼。終日不成章，泣涕零如雨。河漢清且淺，相去復幾許？盈盈一水間，脈脈不得語。牛女何語乎？曰「脈脈不得語」，若有禁持之者，思透重玄。〇「纖纖濯素手，扎扎弄機杼」，若親聞之。「終日不成章，泣涕零如雨」。若親見之。至「盈盈一水間，脈脈不得語」，又若日在其側，而愾乎其無所聞者。妙，妙。〇代言其情，如泣如訴。〇寫無情之星，如人間好合綢繆。語語認真，語語神化，直追《南》《雅》矣。〇《玉臺》作枚乘。

迴車駕言邁，悠悠涉長道。四顧何茫茫，東風摇百草。所遇無故物，焉得不速老。盛衰各有時，立身苦不早。人生非金石，豈能長壽考。奄忽隨物化，榮名以爲寶。不得已而託諸名，彌見無聊。〇與「冉冉孤生竹」篇意略同，但彼結出正意，此則轉爲憤詞爾。

東城高且長，逶迤自相屬。迴風動地起，秋草萋已緑。四時更變化，歲暮一何速。「四時」二句，蓋節序遞轉，惟歲晚益覺其促，猶之中年以後，流光倍駛於少壯之時也。二句合看始得。晨風懷苦心，蟋蟀傷局促。晨風蟋蟀，鳥蟲之微，而云懷苦心、傷局促，硬坐甚妙。蕩滌放情志，何爲自結束。燕趙多佳人，美者顏如玉。被服羅裳衣，當户理清曲。音響一何悲，絃急知柱促。柱促音悲，寫出琴瑟情性。馳情整巾帶，沉吟聊躑躅。思爲雙飛燕，銜泥巢君屋。寫出「馳情整巾帶」，幾于亂矣。每掩卷思其難接，今忽接云「沉吟」云云，急處一住，妙不可言。結處繳明上意既不可，宕開不顧又不得，却承之曰「思爲」云云，進一步，直許以終身。上許多情事，俱含其中。至矣，至矣。○歲暮多悲，游情好女，如信陵之飲醇酒、近婦人，彌寫其纏綿，彌徵其憤苦矣。○《玉臺》作枚乘。

驅車上東門，遥望郭北墓。白楊何蕭蕭，松柏夾廣路。下有陳死人，杳杳即長暮。潛寐黄泉下，千載永不寤。浩浩陰陽移，年命如朝露。人生忽如寄，壽無金石固。萬歲更相送，賢聖莫能度。「萬歲更相送」，真語，非奇語。服食求神仙，多爲藥所誤。不如飲美酒，被服紈與素。弇州云：「榮名以爲寶」，不得已而託之名也。至虚名復何益，名又無用處。季鷹有言：「使我有身後名，不如生前一杯酒。」與此正同。繼之曰「被服紈素」，則趨愈卑而志愈苦矣。予謂正自《唐風・山樞》篇化出。○「萬歲更相送，賢聖莫能度」，賢聖不可爲也。「服食求神仙，多爲藥所誤」，神仙不可爲也。舍飲酒何之乎？○即「青青陵柏」篇意，此首乃暢言之。彼主于縱遊，此主于燕坐，然詞旨亦苦矣。○《樂府》載此，作《驅車上東門行》。

去者日以五臣作「已」。疎，來者日以親。出郭門直視，但見丘與墳。古墓犁爲田，松柏摧爲薪。白楊多悲風，蕭蕭愁殺人。思還故里閭，欲歸道無因。結不粘上，其意愈合，與「西北有高樓」作同。○生仍冀得歸桑梓，班定遠亦求入玉門，觸目怵心，都感此意。○與上篇所觸正同。彼欲聊遣，此則思歸，又換出一意也。

生年不滿百，常懷千歲憂。晝短苦夜長，何不秉燭遊。爲樂當及時，何能待來兹。愚者愛惜費，但爲後世嗤。仙人王子喬，接法高。難可與等期。愚者僕僕，若自有無涯之年，則必仙人爲然，而王子喬非可等期也。看結語，即妄意求仙者亦是愚人。○懷千歲之憂，則必爲來兹之待，病根總是一吝，其實愚耳。結句正與《來日大難》參看，此則明言之矣。

凜凜歲云暮，螻蛄夕鳴悲。涼風率已厲，遊子寒無衣。錦衾遺洛浦，同袍與我違。獨宿累長夜，夢想見容輝。良人惟古歡，枉駕惠前綏。願得常巧笑，攜手同車歸。思微語真。既來不須臾，又不處重幃。亮無晨風翼，焉能淩風飛？眄睞以適意，引領遥相晞。徙倚懷感傷，垂涕霑雙扉。先寫歲序之晚，繼憶征夫之寒，「獨宿」下始轉入自身，忽宕一步，妙用虛擬，見良人之歸不數，而後述其留居未工，同往無期。「晨風」以下，乃畢吐苦緒。結構最高。○「亮無晨風翼」二句，猶馳情遠道，「眄睞」二句，則寫其居處徬徨。而結語上句總前文，下句歸實地，其中無限曲折。○空閨思歸，曲盡其情。

孟冬寒氣至，北風何慘慄。愁多知夜長，仰觀衆星列。三五明月滿，四五蟾兔缺。客從遠方來，遺我一書札。上言長相思，下言久離別。置書懷袖中，三歲字不滅。《風》《雅》之間。○三百篇所未經道。一心抱區區，懼君不識察。「客從遠方來」以下，清夜追思往事也，必如此看，下文始安，而上一段亦有著落。○索居之苦，良友之思，鬱鬱綿綿，相迫而出，筆端自具造物矣。

客從遠方來，遺我一端綺。相去萬餘里，故人心尚爾。文彩雙鴛鴦，裁爲合歡被。著，掌吕反。以長相思，緣以結不解。以膠投漆中，誰能別離此。從「永以爲好」意寫出，如許濃至。○一綺之微，而綢繆乃爾。「文彩」以下，多被之美名，見其知重無已時也。

明月何皎皎，照我羅牀幃。憂愁不能寐，攬衣起徘徊。客行雖云樂，不如早旋歸。久于羈旅之言。出户獨彷徨，愁思當告誰。引領還入房，接高。淚下沾裳衣。上云出户，結云「引領還入房」，看其照應。○古今惟曠士多情、高人易感，久于羈旅之淚，固非賈客所知。《十九首》以是篇終，其託興深矣。凡士之不得于君親朋友者，俱可作如是觀。○《玉臺》作枚乘。

古詩五首

古詩五首，妙緒紛來。方《十九首》，彼爲《國風》，此爲《離騷》矣。

上山採蘼蕪，下山逢故夫。長跪問故夫：新人復何如？新人雖言《藝文》作「云」。好，未若故人姝。「姝」字下得好，兼言其德矣。顔色類相似，《藝文》作「其色似相類」。手爪不相如。新人從門入，故人從閤去。叶丘於切。新人工織縑，故人工織素。叶孫租切。織縑日一匹，織素五丈餘。將縑來比素，《藝文》作「持縑將比素」。新人不如故。「手爪不相如」而繼之以工織，夫素非必精于縑，五丈非必多于一匹，而持縑比素，則新故之感判然。厚語深情，如可解，如不可解，故爲妙絶。○爲棄妻逢故夫，語語寫來，厚道却在棄婦口内。用故夫語到底。○不找棄婦一言，篇法奇絶。○怨而不亂，《小雅》之遺。

四坐且莫諠，願聽歌一言。請説銅鑪器，崔嵬象南山。上枝似松柏，下根據銅盤。雕文各異類，離婁自相聯。誰能爲此器①，公輸與魯班。賦銅器而曰上枝下根，借喻其雕鏤之工也，故以公輸魯班美之。朱火然其中，青煙颺其間。從風入君懷，四坐莫不歡。香風難久居，空令蕙草殘。説銅爐無限貴重，以冀吹入君懷，而終之曰「香風難久居，空令蕙草殘」，逐臣棄婦，苦心無由自明，其所感寄微矣。

【校】

①能，通志館本作「者」。

悲與親友别，氣結不能言，贈子以自愛，正如「送子以賤軀」，當藏之中心，言不能喻。道遠會見難。人生無幾時，顛沛在其間。念子棄我去，新心有所歡。「新心有所歡」，説得輕妙。結志青雲上，接得高。何時復來還。青雲，古人皆言神仙事，喻新心相歡，一語盡之。○辭悲語厚。

穆穆清風至，吹我羅衣裾。青袍似春草，長條隨風舒。朝登津梁山，褰裳望所思。安得抱柱信，皎日以爲期。前後若兩開，正以「褰裳」二字爲關鍵，而末語亦妙有會。草隨風轉，借況人心無恒，思抱柱之貞，恰是對照語。

蘭若生春陽，涉冬猶盛滋。願言追昔愛，情款感四時。美人在雲端，天路隔無期。夜光照玄陰，長歎念《玉臺》作「戀」。所思。誰謂我無憂，積念發狂癡。

所託得地，則涉冬尤滋。君子擇人而交，乃有歲寒之美。酈文勝「蘭榮一何晚」，杜陵《甘菊》曰：「結根失所纏風霜。」託興略同。○《玉臺》作枚乘。

古詩三首

橘機垂華實，乃在深山側。聞君好我甘，竊獨自雕飾。委身玉盤中，歷年冀見食。芳菲不相投，青黄忽改色。人儻欲我知，因君爲羽翼。寫逐臣棄友之悲，託之橘柚，猶《楚詞》言香草也。妙在語語本色，而終望之以古道。

十五從軍征，八十始得歸。道逢鄉里人，家中有阿誰？遥望是君家，松柏冢纍纍。兔從狗竇入，雉從梁上飛。中庭生旅穀，井上生旅葵。烹穀持作飯，采葵持作羹。羹飯一時熟，不知貽阿誰。出門東向望，淚落沾我衣。亦見梁鼓角横吹辭。○吴兢曰：此詩晉宋入樂奏之，首增四句，名《紫騮馬》，「十五從軍征」以下古詩也。○「悲歌」篇云「欲歸家無人」，只此一句意，而借聞言目擊，乃得如許哀涼。

新樹蘭蕙葩，雜用杜蘅草。終朝采其華，日暮不盈抱。采之欲遺誰？所思在遠道。馨香易銷歇，繁華會枯槁。悵望何所言，臨風送懷抱。與《十九首》「涉江」「奇樹」二篇詞意略同，此兼有其長矣。

古詩一首

步出城東門，遥望江南路。前日風雪中，故人從此去。二句佳語也，然六朝、唐人亦有之。我欲渡河水，河水深無梁。願爲雙黄鵠，高飛還故鄉。人取其前半，吾尤喜其後半。

古詩一首

行行隨道，經歷山陂。馬啖柏葉，人啖柏脂。不可長飽，聊可遏饑。

擬蘇李詩十首此詩多疑贋作，而古質自然，必非江左以後所辨，其佳處津津河梁矣。○雖不出蘇、李，亦是建安、黄初人所爲。其氣味醇深，措詞不露不雜。予四十年專力漢魏之學，獨有會心。

李陵録别詩八首

有鳥西南飛，熠熠似蒼鷹。朝發天北隅，暮宿日南陵。欲寄一言去，一作「辭」。

託之戔綵繒。因風附輕翼，以遺心蘊蒸。鳥辭路悠長，羽翼不能勝。意欲從鳥逝，駑馬不可乘。漢人妙處，多認真寫幻，如覩其事，如聞其聲，用筆能呆、能狠、能工，而愈見其神化無迹，此篇得之。

爍爍三星列，拳拳月初生。寒涼應節至，蟋蟀夜悲鳴。晨風動喬木，枝葉日夜零。遊子暮思歸，塞耳不能聽。「爍爍」八句，所謂愈疎而愈合也。遠望正蕭條，百里無人聲。豺狼鳴後園，虎豹步前庭。遠處天一隅，苦困獨零丁。親人隨風散，歷歷如流星。三萍離不結，思心獨屏營。何必減蘇、李耶？願得萱草枝，以解饑渴情。若遠若近，其妙乃在阿堵中。

寂寂君子坐，奕奕合衆芳。温聲何穆穆，因風動馨香。清言振東序，良時著西庠。乃命絲竹音，列席無高唱。悲意何慷慨，清歌正激揚。長哀發華屋，四坐莫不傷。此篇彷彿「河梁」，乃在形聲之外。

晨風鳴北林，熠燿一作「熠熠」。東南飛。願言所相思，日暮不垂帷。明月照高樓，想見餘光輝。玄鳥夜過庭，髣髴能復飛。褰裳路踟蹰，彷徨不能歸。浮雲日千里，安知我心悲？思得瓊樹枝，以解長渴饑。照首篇又宕一意，彼是就所歷説，此是就所思説，各有其妙。

陟彼南山隅，送子淇水陽。爾行西南遊，我獨東北翔。猿馬顧悲鳴，「猿馬」疑作「轅馬」，即車爲不轉轍、馬爲立踟躕意。五步一彷徨。雙鳧相背飛，相遠日已長。遠望雲中路，想見來圭璋。萬里遥相思，何益心獨傷。隨時愛景曜，願言莫相忘。何嘗襲少卿一語一意，直神而明之矣。江左以來，優孟衣冠耳。

鍾子歌南音，仲尼嘆歸與。戎馬悲邊鳴，遊子戀故廬。陽鳥歸飛雲，蛟龍樂潛居。人生一世間，貴與願同俱。二句可謂至言。苟違其願，雖王侯之貴，松、喬之年，有不足言者矣。身無四凶罪，何爲天一隅？與其苦筋力，必欲榮薄軀，不如及清時，策名于天衢。末四句絶無倫次，然總是憤極有託之詞，愈遠則愈悲。可知《十九首》「今日良宴會」一篇結尾數行，不得向癡人説夢矣。少卿生平悲憤，約略以數語盡之，非但深知都尉之心，正其材分相敵也。

鳳凰鳴高岡，有翼不好飛。「不好飛」寫出鳳凰身分，真俯視鵾鵬矣。安知鳳凰德，貴其來見稀。闕紅塵蔽天地，白日何冥冥。微陰盛殺氣，淒風從此興。招搖西北指，天漢東南傾。嗟爾穹廬子，獨行如履冰。短褐中無緒，帶斷續以繩。瀉水置瓶中，焉辨淄與澠？巢父不洗耳，後世有何稱。升菴《詩話》云見修文殿《御覽》。○此首韻雜用青、蒸，漢人亦無之。○此篇用韻雖雜，而詞旨俱得「河梁」之神，使少卿爲之，何以加焉？○末數語，正勉子卿以終砥高節，如巢、許長留清名于人間；而傷都尉爲瓶中之水，淄、澠莫辨，身名俱頽耳。

蘇武答詩二首

童童孤生柳，寄根河水泥。連翩遊客子，于冬服涼衣。去家千里餘，一身常渴饑。寒夜立清庭，仰瞻天漢湄。寒風吹我骨，嚴霜切我肌。憂心常慘戚，晨風爲我悲。瑶光遊何速，行願支荷一作「去何」。遲。仰視雲間星，忽若割長帷。低頭還自憐，盛年行已衰。依依戀明世，愴愴難久懷。「瑶光」以下，娓娓「河梁」間語矣。○寫其忠厚悱惻，意簡而彌深，比視屬國四詩，正未易低昂也。

雙鳧俱北飛，一鳧獨南翔。子當留斯館，我當歸故鄉。一别如秦胡，「一别」句以秦對言，漢語也。會見何詎央？愴恨切中懷，不覺淚沾裳。願子長努力，言笑莫相忘。《古文苑》題曰《别李陵》。○勉之以努力言笑，視修德更深，莫漫作淺語，分層級也。○只是渾然中含，便去古人未遠。

茅山父老歌《外編》作大茅君，誤。

《茅君内傳》曰：茅盈，咸陽人也，得道隱句曲，邦人因改句曲爲茅君之山。時盈二弟俱貴，衷爲五官大夫、西河太守，固爲執金吾，各棄官渡江，求兄于東山，後咸得仙道。太上命固治丹陽句曲山，衷治良常之山，盈爲司命真君、東嶽上卿。于是盈與二弟决别俱去，固、衷留治此山，漢平帝元壽二年也。内法既融，外教坦平，爾乃風雨以時，五禾成熟，疾癘不起，暴害不行，父老歌曰。

茅山連金陵，江湖據下流。三神乘白鶴，各在一作「治」。一山頭。佳雨灌畦稻，陸田亦復周。妻子保堂室，使我無百憂。白鶴翔青天，一作「金穴」。何時復來遊。寫出仙家之樂。

古詩二首

採葵莫傷根，傷根葵不生。結交莫羞貧，羞貧友不成。衣敝緼袍，恥與狐貉者立，自恥也。此則羞他人之貧矣，尤痛切末世病根。

甘瓜抱苦蔕，美棗生荊棘。利傍有倚刀，貪人還自賊。貪人止見其甘美耳，乃痛言之。

古絶句四首

藁砧今何在？山上復有山。何當大刀頭，破鏡飛上天。此千古虎謎之祖。

日暮秋雲陰，江水清且深。何用通音信？蓮花玳瑁簪。一往見其情深，然四詩各有意義。

菟絲從長風，根莖無斷絶。無情尚不離，有情安可別！

南山一樹桂，上有雙鴛鴦。千年長交頸，歡慶不相忘。

古歌

高田種小麥，終久不成穗。男兒在他鄉，焉得不憔悴。語自慷慨。

古樂府

蘭草自然香，生于大道傍。腰鐮八九月，俱在束薪中。

古五雜組詩

五雜組，岡頭草。往復還，車馬道。不獲已，人將老。初見以爲無難，比擬其體，則百思不能及也。

古兩頭纖纖詩二首

兩頭纖纖月初生，半白半黑眼中睛。腷腷膊膊鷄初鳴，磊磊落落向曙星。
兩頭纖纖青玉玦，半白半黑頭上髮。腷腷膊膊春冰裂，磊磊落落桃初結。

附録

跋（通志館本）

右《漢詩音注》十卷，清富平李因篤子德撰。是書爲子德門人郃陽王梓適菴校訂，蓋最初之刻本也。《四庫提要》列此編總集存目中，謂一卷至五卷題漢詩音注，六卷至十卷題漢詩評，又前五卷評夾注句下，後五卷大書詩後，體例不同，未知何取。今檢王氏刊本，則自一卷至十卷皆題漢詩音注，初無漢詩評之目；又每卷之評悉夾注句下，亦無大書詩後者。知是書當時别有傳本，然體例多淆，要不如王氏校勘之審也。子德太史明於古音，選評漢詩，兼注音韻，鉤深索隱，誠如王序所云多抉古人未發之藴，《四庫提要》乃譏其一概以三百篇之韻斷厥出入，未免膠柱之見，第考三代、漢、晉迄唐，雖歷代之音間有不同，然根本究不能出三百篇之外，讀世所行通韻即可參校而知；至其評論儘有精警醒發人意處，《提要》顧舉評項羽《垓下》一歌，斥有隆、萬人好高論習氣，失之苛矣！此本猶王氏初刊，校刻清晰，取以印入《叢書》，冀講求聲韻者知所準焉。民國二十五年十月校。

長安宋聯奎
蒲城王　健
江寧吴廷錫

漢詩統箋

序

漢詩難讀，而郊祀、鐃歌尤難讀，太史公謂通一經之士不能獨知其辭。蓋當時孝武建立樂府，如司馬相如、枚乘等數十人皆極一時之選，又采詩夜誦，有秦、楚、趙、代之謳，其命意鑄詞，遠追《雅》《頌》，近仿靈均，豈一知半解者能通其義邪？漢詩見於《漢書·禮樂志》者，惟郊祀十九章、安世樂十六章，有顔師古、李奇、應劭等十一家之注，然於詩之精義均未得其肯綮；國朝關中李子德曾預博學宏詞之選，且自謂用心於漢詩四十年，可謂勤矣，惜所著《漢詩音注》義理尚有未析、句讀别字仍復踵訛；餘若沈方舟、費滋衡之《漢詩説》、錢二白之《漢詩釋》、董若雨之《鐃歌發》，雖間有可取，未盡善也。今秋寂處一室，悶坐無聊，不揣寸筳，妄叩洪鐘，無非消遣桑榆，略爲箋解，庶文義明達，俾汲古者不致有聽古樂欲寐之意，則豐城劍氣沉埋於二千年後者，今一旦得復焕其光於世云。

嘉慶庚午秋九下澣邗江陳本禮自識。

漢詩統箋卷之一

江都陳本禮　箋訂
男逢衡　　　校字

樂府

郊廟歌辭

郊祀歌

《史記·樂書》：今上即位，作十九章。令侍中李延年次序其聲，拜爲協律都尉。通一經之士不能獨知其辭，集會五經家相與共講習讀之，乃能通知其意，多《爾雅》之文。

《漢書·禮樂志》：武帝定郊祀禮，祠太一於甘泉，祭后土於汾陰，乃立樂府，采詩夜誦，有趙、代、秦、楚之謳。以李延年爲協律都尉，多舉司馬相如等數十人造爲詩賦，略論律呂，以合八音之調，作十九章之歌。以正月上辛用事甘泉圜丘，使童男女七十人俱歌。昏祀至明，夜常有神光如流星止集祠壇，天子自竹宮而望拜，百官侍祠者數百人皆肅然心動焉。

練時日

此總祀五帝樂章。按《周禮·太宰》：祀五帝。《大宗伯》：以蒼璧禮天，昊天上帝。以黃琮禮地，后土。以青圭禮東方，立春禮蒼精之帝，而大昊、句芒食焉。以赤璋禮南方，立夏禮赤精之帝，而炎帝、祝融食焉。以白琥禮西方，立秋禮白精之帝，而少昊、蓐收食焉。以玄璜禮北方。立冬禮黑精之帝，而顓頊、玄冥食焉。《小宗伯》：兆五帝于四郊。鄭玄注：王者之先祖皆感太微五帝之精以生。蒼則靈威仰，赤則赤熛怒，黃則含樞紐，白則白招拒，黑則汁光紀。皆用正歲之正月郊祭之。

《尚書·帝命驗》曰：帝者承天立五府，以尊天重象也。五府，五帝之廟。宋均注曰：象五精之神也。天有五帝，集居太微，降精以生聖人，故帝承天立帝之府，是謂天府。蒼曰靈府，注：靈府者，蒼帝靈威仰之府。周曰青陽。赤曰文祖，注：文祖者，火精光明，文章之祖，故謂文祖。周曰明堂。黃曰神斗，注：神斗者，斗主也。土精澄静，四行之主，故謂神斗。周曰太室。白曰顯紀，注：顯紀者，紀法也。金精割斷，萬物成，故謂顯紀。周曰總章。黑曰玄矩。注：玄矩者，矩法也。水精玄昧，能權輕重，故謂玄矩。周曰玄堂。唐虞謂之五府，夏曰世室，殷曰重屋，周曰明堂，皆祀五帝之所也。

《漢·郊祀志》曰：秦祠唯雍四畤，祀白、青、黃、赤四帝。高祖入關，廼益以黑帝，名曰北畤。文帝十三年，幸雍，郊見五畤，建渭陽五帝廟。

練時日，《楚詞》：吉日兮良辰。練，選也。候有望。焫同「爇」。膋蕭，膋膻薌，以蕭合馨香燔燎以降神也。延四方。《詩》：來方禋祀。《曲禮》：天子祭四方，歲徧，諸侯方祀，歲徧。鄭玄注：謂祭五方之神于四郊也，各于其方而延之。九重開，九重，天門。靈之斿。垂惠恩，鴻祜休。見神不虛游，必降鴻休之福也。靈之車，結玄雲。北方黑帝之雲。駕飛龍，羽旄紛。言其多。靈之下，若風馬。疾也。左蒼龍，右白虎。以爲衛也。帝北嚮南降，故左蒼龍而右白虎。靈之來，神哉沛。先以雨，般同「班」。裔裔。玄冥，水神。見神欲來而雨先霈，裔裔然飛洒也。靈之至，慶陰陰。陰雲擁護，靈已赫濯降壇，其幽光窈冥可畏。相去聲。放患，仿佛如見。震澹心。肅然恐懼也。靈已坐，五音飭。《楚詞》：五音紛兮繁會。虞至旦，虞，樂也。祀在夜，故樂至旦。承靈億。億，神安享也。牲繭栗，牲角之小如繭、色如栗也。粢盛香。尊桂酒，《楚詞》：蕙肴蒸兮蘭藉，奠桂酒兮椒漿。賓八鄉。偏享八方之神。《郊祀志》：開八通鬼道。靈安留，吟青黄。曲奏四時之樂，如《青陽》《朱明》《西顥》《玄冥》四曲，以分獻也。偏觀此，「此」字指所陳之犧牲言。眺瑶堂。眺堂下之女樂。衆嫭並，嫭，美巫。並，舞也。綽奇麗。身體綽約而艷麗也。顔如荼，《詩》：有女如荼。兆逐靡。《楚詞》：思靈保兮賢姱，翾飛兮翠曾。言舞者之蹁躚動人，咸逐而觀之，靡靡若醉也。被華文，廁霧縠。曳阿錫，廁，雜也。阿，細繒。錫，細布。佩珠玉。俠同「挾」。嘉夜，芳草也。茝蘭芳。《楚詞》：靈偃蹇兮姣服，芳菲菲兮滿堂。澹安也。容與①，獻嘉觴。

此章全仿《東皇太一》，襲其意而變其體。以「九重開」一句冒下，章法整鍊。「衆嫭並」至末專咏女樂，中間以「偏觀此」三字結上，以「眺瑶堂」三字起下，爲上下樞紐，脉絡縝密之至。武帝愛讀《離騷》，曾命淮南王作《章句》，故郊祀諸歌皆仿彿其意。第喜奇異，好神仙，誇祥瑞，究非《清廟》《維天》之比。然其雄才大略，能偉詞自鑄，以成一代鉅製，可謂卓越千古矣。

李子德曰：「神哉沛」三語寫得幽靈綽約。「兆逐靡」一語較「一顧傾人城國」語更簡而俊。

沈歸愚曰：古色奇響，幽氣靈光，奕奕紙上。屈子《九歌》後另開面目。「靈之斿」以下鋪排六段，而變化錯綜，不板不實，備極飛揚生動。「衆嫭」四語寫美人之多，則《招魂》之遺也。

王勿翦曰：漢帝以前郊祀詩歌闕如也。郊祀樂府，至武帝乃定。前後數十年間，自製凡十有九章，雖詞旨異於《雅》《頌》，而煌煌一代之制亦有可觀覽焉。班、馬撰述，言人人殊，或謂采詩夜誦，又謂舉相如等數十人造爲詩賦，以合八音之調，然觀其詩義，皆武帝所欲言者，非臣下所得爲，且操觚之士逡巡囁嚅，亦不能有其雄略也。《太史公·樂書》云：通一經之士不能獨知其辭，集會五經家共習讀之乃能通知其意，多《爾雅》之文。夫太史公武帝時人，觀其揚扢如此，爲漢武作無疑。獨是此歌當時如師古、李奇、應劭、晉灼、服虔、孟康、如淳、臣瓚、張晏、韋昭、蘇林諸君子博聞强記，淹貫百家，僉抽腹笥，傍證曲引，後學終不能無疑，況在武帝時通一經者尚望崖而返，何居乎求多於後之人？《漢樂府郊祀歌》十九章。按先只有《練時日》《帝臨》《青陽》《朱明》《西顥》《玄冥》《惟太元》《天地》《日出入》九章歌于祠壇，其後得天馬，次爲歌，亦用在郊祀。中尉汲黯諫曰：王者作樂，上以承祖宗，下以化兆民。今陛下得馬亦次爲歌，協於宗廟，先帝、百姓豈能知其音耶？則知當時歌於宗廟亦用之，不獨郊祀矣。其元鼎五年，得鼎汾陰，因有《景星》之作。元封二年，芝生甘泉，因有《齊房》《華爗爗》等作。元狩元年，獲白麟，因有《朝隴首》之作。大始三年，獲赤雁，因有《象載瑜》之作。前後二十年間事，後皆載入歌，可知十九章太始末年方論定，注家不載根源，故多不能解説。

【校】

①底本頁眉增刻「澹容與三字，寫姣巫媚神，更有一種幽艷奪目，接云獻嘉觴，更見其既恭且敬，而神有不樂享者乎」數行文字，不入正文。甲本無。

帝臨

《帝臨》以下五章，分獻五帝樂章。武帝即位，尤敬鬼神之祀。元狩二年，郊雍，曰：今上帝朕親郊，而后土無祀，則禮不答也。玩武帝語，則郊雍五時中之黄帝，不祀后土。有司曰：今陛下親祠后土，宜於澤中圜丘爲五壇，壇一黄犢，祠衣上黄。遂幸汾陰，見汾旁有光如絳，迺立后土祠脽上，上親望拜，如上帝禮。

《月令》：季夏，其日戊己，陳澔注：十干之中。其帝黄帝，黄精之君軒轅氏也。其神后土。土官之臣，共工氏之子句龍。《郊祀志》：古天子常以春祀黄帝。張晏注：黄帝，五帝之首，歲之始也。故五詩首列《帝臨》以祀黄帝，而以后土之神配食也。

帝黄帝軒轅。臨中壇，土位中。臨，降神也。四方承宇。帝德廣大，海宇皆蒙其厚載也。繩繩意變，繩繩，不絶貌。意，同億，十萬爲億。備得其所。清和六合，制數以五。土數五。《易》曰：五位相得而各有合。此言黄帝治天下之道，任其萬事萬變，總不逃乎制數以五也。海内安寧，興文匽武。《易》：黄裳元吉，文在中也。君子黄中通理。后土富媪，媪，老母也。以下言后土之德能資生萬物，故能配食帝右而服色上黄也。昭明三光。神靈昭著。穆穆優游，嘉服上黄。

青陽以下四首，《漢書注》作鄒子樂。

《月令》：孟春，其日甲乙，其帝太皞，伏羲氏，木德之君。其神句芒。木德之臣，少皞之子重。《爾雅》：四時：春爲青陽，夏爲朱明，秋爲白藏，冬爲玄英。《史記・樂書》：帝常以正月上辛祠太一甘泉，以昏時夜祠，使童男女七十人俱歌。春歌《青陽》，夏歌《朱明》，秋歌《西皞》，冬歌《玄冥》。

青陽開動，郭璞曰：氣青而温陽。根荄以遂。膏潤并愛，跂行畢逮。跂行，有足而行者。逮，及也。霆聲發榮，壛處頃聽。頃同「傾」。聽，啓蟄。「聽」字微細。枯槀復生，迺成厥命。羽者嫗覆，毛者孕鬻，胎生者不殰，卵生者不殈。衆庶熙熙，和樂貌。施及夭胎。少長曰夭，在孕曰胎。羣生啿啿，惟春之祺。《詩》：湛湛露斯。羣生，通指上文，皆青帝煦育之力，末迺點出「春」字。祺，福也。

朱明

《月令》：孟夏，其日丙丁，其帝炎帝，大庭氏神農，赤精之君。其神祝融。火官之臣，顓頊之子黎。

朱明盛長，郭璞曰：氣赤而光明。旉與萬物。旉與同「予」。桐《説文》：榮也。不必如舊讀曰通。生茂豫，靡有所詘。敷華就實，既阜且昌。登成甫田，農乃登麥登黍，羞含桃。

百鬼百神。迪嘗，天子乃以彘嘗麥，先薦寢廟。廣大建祀。廣大者，謂仿造黄帝明堂于奉高，以祠泰一五帝，又祠后土于下房，用二十太牢之類。肅雍不忘，神若宥師古曰：若，善也。宥，祐也。之。傳世無疆。言祀典與國祚綿長也。

西顥

西顥沆碭，白氣。《月令》：孟秋，其日庚辛，其帝少皞，金天氏，白精之君。其神蓐收。金官之臣，少皞之子該。秋氣肅殺。少皞以金德王，金從革。含秀垂穎，葉末曰穎。《爾雅》：秋爲白藏。續舊不廢。草木成實，物皆有種。姦僞不作，秋爲刑官。《大司寇》：以五刑糾民。祆孽伏息。邪不勝正，能辟不祥。隅辟越遠，隅，方隅。《小司寇》：以八辟麗邦法。四貉咸服。既畏兹威，惟慕純德。附而不驕，正心翊翊。革心嚮化，無敢驕怠。

玄冥

《月令》：孟冬，其日壬癸，其帝顓頊，高陽氏，黑精之君。其神玄冥。水官之臣，少皞氏之子曰修曰熙，相代爲水官。

玄冥陵陰，金寒水冷，土囚火死。蟄蟲蓋藏。草木零落，抵至也。冬降霜。《易》：履霜堅冰至。誡謹微也。易亂除邪，革正易俗。日窮于次，月窮于紀，星回于天，歲且更始。兆民反本，報本，臘祭先祖，蜡報百神。抱素懷樸。君子齊戒，處必掩身。《太玄》曰：藏心于淵，美厥靈根。條理信義，謂命虞人教道田獵，而禁侵奪也。望禮五嶽。籍斂之時，掩收嘉穀。收斂籍田之穀，以供郊祀祭享之用。

按五帝之説尚矣，漢儒以五人帝配五天帝，如靈威仰等之名出于緯書，惟《月令》有四時五帝之稱。蓋古聖神繼天立極，生有功德于民，故後王祀之。武帝聽信方士，崇尚五帝之祀以禮天神，又祀后土于汾陰如上帝禮，則是與北郊方澤之禮同矣。方素北曰：西漢郊祀之地凡三處：雍五時，渭陽五帝廟，甘泉太一祠。諸時始于秦襄公，自以國于西方，主少皞之神，作西時以祀白帝，猶宋人之祀閼伯、晉人之祀實沈耳，非郊天也。繼而有青帝、黄帝、炎帝之祠，則非所祭而祭矣。至高祖入關，益以黑帝，以備五時。命有司進祠，上不親往，修故事耳。孝文用新垣平之言，立渭陽五帝廟。孝武採繆忌之説，建太一天皇壇，信方士言，謂天神貴者太一，其佐五帝，是以神爲帝，以祀神爲郊。終西都之世，而昊天上帝之郊固未嘗舉行也。

惟泰元

《漢書・禮樂志》：建始元年，丞相匡衡奏罷《鸞路龍鱗》。四字即此曲樂章之名。更定詩曰《涓選休成》。臣瓚曰：涓，除也。除惡選美成者。

此祀泰畤樂章。《史》稱元光二年，亳人謬忌奏祠太一方，曰：天神貴者太一，佐曰五帝。於是天子乃立其祠於長安東南郊。元鼎五年，又立泰一及五帝祠壇於甘泉。十一月朔冬至，親郊見，名曰泰畤。天子三歲一郊見。

《星經》：天極。即北極。凡五星，其一明者太一。《春秋合誠圖》：北極星五，在紫微中紫微大帝室，太一之精也。

惟泰元尊，媪神蕃釐。師古曰：泰元，天也。蕃，多。釐，福也。禮太一而以媪神配者。《河圖》：載九履一，左三右七，二四爲肩，六八爲足，五居中央，縱横十五。《乾鑿度》曰：太一取其數以行九宮。鄭注：太一北辰，神名。下行八卦之宮，每四乃還于中央。中央者，后土之宮。故此詩以媪神配。經緯天地，作成四時。精建日月，星辰度理。陰陽五行，降甘露雨。百姓蕃滋，咸循厥緒。先天而天弗違，後天而奉天時。繼統共同「恭」。勤，順皇天也。之德。言天子繼承祖統，亦惟有恪恭勤政、順天而時行耳。鸞路同「輅」。龍鱗，天子之旌，龍旂九旒。罔不肸飾。整飾鸞輅龍旂，恭俟神之來格來歆也。嘉籩列陳，庶幾宴享。滅除凶災，列騰八荒。師古曰：言威烈之盛踰於八荒。鐘鼓竽笙，雲舞翱翔。樂神也。《春官·大司樂》：乃奏黄鐘，歌大吕，舞雲門，以祀天神。招摇靈旗，九夷賓將。元鼎四年，伐南越，製太一旗，畫日月北斗幡上，名曰靈旗。凡爲兵禱，則太史奉以指所伐之方。

天地

《漢書·禮樂志》：丞相匡衡奏罷《黼繡周章》，更定詩曰《肅若舊典》。師古曰：肅，敬也。若，順也。

此亦饗祀泰畤樂章。

天神。地亓。並況，況，賜也。太一降而神祇皆降也。惟予有慕。爰熙廣也。紫壇，《楚辭》：蓀壁兮紫壇。甘泉泰畤有八觚通，象八方。思求厥路。思求降神之路。恭承禋祀，緼豫爲紛。《楚辭》：紛緼宜修姱而不醜兮。孟康曰：積聚修飾，爲此紛華也。黼繡周章，承神至尊。《郊祀志》：紫壇有文章采鏤之飾，及玉几、玉器、女樂七十人。千童羅舞成八溢，同「佾」。元鼎六年，增樂舞，益歌兒。合好效歡虞同「娛」。泰一。九歌《大司樂》：九德之歌。

畢奏斐然殊，鳴琴竽瑟會軒朱。朱，軒也，堂上樂。璆磬金鼓，堂下樂。《周禮》：磬師掌教擊磬，鐘師掌金奏，以鐘鼓奏九夏。靈其有喜。百官濟濟，各敬厥事。上陳樂舞，下實牲俎，中間特序人事二語，便覺滿堂人神共樂。盛牲實俎進聞膏，《詩》：苾苾芬芬，有飶其香，有椒其馨。神奄同「淹」。留，臨須摇。須臾也。長麗音離。臣瓚曰：靈鳥也。前掞音艷，光炎也。光耀明，劉向曰：甘泉、汾陰及雍五時皆有神光之應，其色青黄，長四五丈。寒暑不忒况皇章。言今陰陽和，玉燭調，皆神靈况君章賢德也。展詩應律鋗玉鳴聲。玉鳴，《楚辭》：展詩兮會舞，應律兮合節。感神渥賜，于是復陳詩而歌舞也。函宫吐角激徵清。發梁繞梁也。揚羽申以商，造兹新音永同「詠」。久長。新音久長，謂曼聲長歌也。聲氣遠條達也。鳳鳥鴹，同「翔」。神夕奄虞蓋孔享。叶香，獻也。《楚辭》：孔蓋兮翠旍。神虞至夕，鸞路將返，故又獻此孔翠旌蓋以送神也。詩倒用「孔蓋」二字，故人多費解。

聲調諧和，長短合度，「函宫吐角激清徵」，如聞其音。不矜才，不使氣，而神韻悠然。

日出入

《禮》曰：王宫祭日，夜明祭月，即春分朝日、秋分夕月之事也。古樂失傳，見之《離騷》者，惟《東君》一歌。武帝創立樂府，佳製斯篇，惟惜其出入無窮、歎光陰迅速，與朝日之義全無關涉，似另成一體。然其英武邁越之氣一往磅礴，有若前無古人、後無來者之概。

日出入安窮？《淮南子》：日出暘谷，浴于咸池，入于崦嵫，曙于蒙谷之浦。時世不與人同。日駕羲馭，一日繞地一週，積十二萬九千六百年是爲一元。不但其出入人不能窮，即以其所歷之時世，與生年不滿百之人相提而論，遠不及朝菌之與大椿，又豈可與之論蟪蛄之春秋哉！故春非我春，夏非我夏，秋非我秋，冬非我冬。世長壽短，石火電光，豈可漫謂爲我之歲月耶？不若還之太空，聽其自春、自夏、自秋、自冬而已耳。泊如四海之池，讀沱，叶下何。人在天地，如四海水上泊一浮漚，即以四海之大，較在天地，亦如一杯水之小池耳。徧觀是耶謂何？筆墨酣暢，極頓挫沈鬱之至。吾知所樂，獨樂六龍。六龍之調，叶同。《易》：時乘六龍，以御天。則六龍固帝所樂御，奈帝之龍不及羲馭之調能上飛于天，亦如日之出入之無窮也。使我心苦。舊訛「若」。訾嗟嘆也。黄乘黄也。其何不徠下。叶虎。應劭曰：乘黄，龍翼馬身，黄帝乘之而上仙者。

高唱入雲，筆隨意轉，官止神行。屈《騷》而外，鮮有其匹。

天馬歌

《史記·樂書》：嘗得神馬渥洼水中，元鼎四年秋。次以爲《太一》之歌。《漢書》作元狩三年。

太一況，馬屬天駟，故得馬亦歸功于太一也。天馬下。霑赤汗，沫流赭。志俶儻，精權奇。太白詩：蘭筋權奇走滅沒。善行也。籋同「躡」。浮雲，晻上馳。二語實詠天馬。體容與，迣同「厲」。萬里。今安匹？龍爲友。師古曰：言今更無與匹者，唯龍可爲之友。

蒲稍馬歌

《史記·樂書》：後伐大宛，得千里馬，太初四年春，貳師將軍李廣利斬大宛王，獲汗血馬。次以爲歌。

天馬徠，從西極，涉流沙，九夷服。平大宛也。天馬徠，出泉水，虎脊兩，化若鬼。脊毛如虎文者二，其來之跡涉奇幻，有如鬼神之變化也。天馬徠，歷無草，同「草」。言經行磧鹵之地，無水草可牧也。經千里，循東道。天馬徠，執徐時，太歲在辰曰執徐，辰屬龍。將摇舉，誰與期？摇同遥。今獲天馬如同八駿，思欲效穆王西征，不知誰可與之訂期而往也。天馬徠，開遠門，《楚辭》：廣開兮天門。竦予身，逝昆侖。發軔之初，先遊昆侖。文穎曰：武帝好仙，庶幾天馬來，當乘之往登昆侖也。天馬徠，龍之媒，龍媒既得，則龍必至矣。游閶闔，觀玉臺。《楚辭》：命天閽其開關兮，排閶闔而望予。玉臺，上帝之所居。

天馬二歌，非《史記·樂書》原文，似經樂府太史删潤以協宗廟之樂者。其詞若誇耀天馬，其意則重在欲效穆滿之游昆侖而觴王母于瑶池之上也。異想天開，故六疊天馬句以寓其欣幸冀望之意。

天門開

天門，閶闔門也，在紫微垣中。夾其門者，左爲左樞，右爲右樞。紫宫，天皇大帝所居。《春秋合誠圖》曰：天皇大帝，北辰星也。含元秉陽，舒精吐光，居紫微中，制馭四方。大帝名耀魄寶，天乙、太乙二星在紫微宫門右。此享天皇上帝樂章。

天門開，詄蕩蕩，詄，按如淳讀如迭，誤，當作疊。天有九重，天門開，望見天門内以上之天疊然蕩蕩，高遠而無極也。穆並騁，以臨饗。天門内隨從諸神皆穆然並駕，俟帝之臨饗也。光夜燭，德信著，未降而神光先現，示德信也。靈寖平，而鴻長生豫。靈寖，河漢。鴻長者，言其津分箕斗，光回于天，澹銀灣一抹之可悦也。大朱涂廣，大朱，赤也。天有黄道、赤道，赤道二横絡天腹，故曰涂廣也。夷石爲堂，師古曰：平夷密石，累以爲堂。飾玉梢以歌舞，帝駕未啓，天女猶飾干而歌且舞也。體招同「韶」。摇若永望。招摇，指天女言，若永望者，俟帝也。星留俞，塞隕光，俞，荅也。塞同賽。時衆星皆留天門，各賽隕光欲，以報帝將啓鑾之德信也。照紫幄，珠熉黄。紫幄，紫微大帝所居。珠與幄色相射，故珠熉然黄也。已上皆咏天門内景。幡比翍回集，貳雙飛常羊。《淮南子》：東南爲常羊之維。以下寫上帝降神。月穆穆以金波，日華耀以宣明。月湧金波，日吐華耀，見上帝降臨，神皆擁護。假清風軋忽，師古曰：軋忽，長遠貌。激長至重觴。師古曰：重觴，累獻也。斯時玉帛既奠，牲牢已饗，正八音侑食之時，故獻以重觴，冀帝之樂享也。神裴回若留放，殣冀親以肆章。殣同覲。冀神之裴回，留而不去，庶我之誠敬得肆以章也。函蒙祉福常若期，言爲神所饗，故蒙被祉福應誠而降不爽期也。寂漻上天知厥時。天雖高遠，澤不私予一己。曰雨而雨，曰暘而暘，又將以此普霑下民也。泛泛滇滇同「闐」。從高斿，殷勤此路臚所求。帝饗既畢，高游欲返，我復殷勤此祈禱之路，臚列嘉祥，爲四海黎民求福也。佻同「肇」。正嘉吉宏以昌，佻，始也。正，平也。於是帝亦俯允所請，平定其施以予有德之人。休嘉砰隱盛意。溢四方。專精厲意逝九閡，謂九天之上。紛云六幕六合。浮大海。見帝之惓惓不已，不使一夫失所，故復逝九閡而浮大海，足徵帝德之宏以昌也。

此首前半皆咏天門以内之景，中間並不鋪叙牲牢奠薦，只以「重觴」二字盡之，章法一變，末復爲民求福，而上帝竟俯允所請。佻正嘉吉，以溢四方。逝九閡而浮大海，用「專精厲意」四字，更寫得奇。

景星

《漢書·武帝紀》：元鼎四年，夏六月，得寶鼎后土祠旁，作《寶鼎》之歌。此因得鼎，祀汾陰后土之樂也。

景星顯見，景星，天精也，狀如半月，生于晦朔，助月爲明。信星彪列。信星即填星，土星也。元封二年秋，填星出如瓜，有司曰：陛下建封禪，天其報德星云。象載昭庭，日親以察。縣象日親于庭，明察可鑒也。參侔開闔，侔，等也。開闔，謂日月之出爲開，入爲闔，與日月並而爲三也。爰推本紀。汾脽出鼎，皇祐元始。《郊祀志》：鼎至長安，公卿議尊寶鼎，有司言：「昔泰帝興，神鼎一，一統天；黄帝作寶鼎三，象三才；禹鑄九鼎，象九州，饗承天祜。夏德衰，鼎遷殷；殷德衰，鼎遷周；周德衰，鼎遷秦；秦德衰，迺淪伏不見。今鼎至甘泉，報祠大享，宜藏于帝庭，以合明應。」制曰：「可。」此所謂爰推本紀，合于泰帝元始之興也。**五音六律，**以下饗神。**依韋諧和也。**饗讀響。**昭。雜變並會，**《大司樂》一變而致羽物，及川澤之示；再變而致臝物，及山林之示；三變而致麟物，及丘陵之示；四變而致毛物，及墳衍之示；五變而致介物，及土示；六變而致象物，及天神。**雅聲遠姚。**僄姚遠揚也。**空桑琴瑟結信成，四興遞代八風生。**臣瓚曰：舞者四縣代奏，所以節八音而行八風也。**殷殷**音隱。**鐘石羽籥**《韶》舞所持。**嗚，**已上樂舞之盛。**河龍供鯉醇**色不雜。**犧牲。百末**百草華末。**旨酒布蘭生，**芳香若蘭也。**泰尊柘漿析朝醒。**柘，甘蔗。《楚辭·招魂》：有柘漿兮。已上酒醴之盛。**微感心攸通修名，**《楚辭》：恐修名之不立。微感心攸者，言我一誠之所感甚微，然其心固甚攸遠，欲通達而成此修名也。**周流常羊**猶逍遥也。**思所并。**言帝常巡行郡國，祠祀五時太乙，思所以與神合之道。**穰穰復正直往甯，**叶寧，願也。言天星既得景塡之瑞，汾陰又獲寶鼎之祥，天之降福孔多，我幸克當往日所願。**馮馮夷，**河伯也。**蠵靈蠵，**大龜水怪，猶之巫支祈也。**切和疏寫平。**按河決在元光三年，帝發卒十萬塞之未成，起龍淵宫于河上。至是十八年矣，故祈神敕馮夷與靈蠵切厲諧和，疏瀉決口，俾永無災害也。**上天布施后土成，穰穰豐年四時榮。**末二則注意而望疏瀉平矣。

首以星瑞陪出寶鼎；中叙樂舞之盛、牲醴之美，望精誠之達天，冀獲福之直甯；末則憂切河决爲患州郡。純純正正，《雅》《頌》之音。

齊房

《漢書·武帝紀》：元封二年夏六月，甘泉宮内中師古注：後庭之室也。産芝，九莖連葉，作《芝房》之歌。

齊讀齋。房産草，九莖連葉。《漢舊儀》曰：芝金色，緑葉，朱實，夜有光。宫童效異，宫之童豎，致此瑞異。披圖按牒。《瑞應圖》：王者敬事耆老，不失故舊，則芝草生。元氣之精，回復此都。雲陽之都，謂甘泉也。蔓蔓日茂，芝成靈華。

后皇

此祀汾陰后土樂章。《漢書·武帝紀》：元封四年，自代還，幸河東。春三月，祠后土，詔曰：朕躬祭后土地祇，見光集于靈壇，一夜三燭。幸中都宫，殿上見光。其赦汾陰、夏陽、中都死罪以下。

后皇嘉壇，立疑「端」字之訛。玄玄冠也。黄服。上黄之服。物疑「瑞」字之訛。發冀州，汾陰得鼎。兆蒙祉福。沇沇音兖，流行貌。四塞，德之充塞也。假同「遐」。狄合處。內附也。經營萬億，咸遂厥宇。居也。含宏光大，故能經營萬億，品物咸享也。

華爗爗

此因産芝而祀神之樂也。《史》稱元封二年夏，臨塞決河，還，至長安，作蜚廉館、桂觀、通天臺，使公卿持節，設供具以候神人至。今芝産齊房，華光爗爗，應有神來斿觀，自當翊翊拱而候其降也。「合所思」乃一詩之眼，自「神之斿」至「神嘉虞」悉屬心摹想望之詞，冀神之徠而降福滂洋，合我往日之所思也。「揚金光」至末，又其思之所餘。

華爗爗，固靈根。《鐃歌》：芝生銅池中，仙人下來飲。仙可下飲，則神必來斿之兆。神之斿，過天門。車千乘，敦同「屯」。昆侖。《楚詞》：邅吾道夫昆侖。神之出，排玉房，周流雜，排，徘徊。雜，同帀，往反而周帀也。拔蘭堂。拔同茇。見神不遽出，既徘徊周帀于玉房，復舍止于蘭堂也。神之行，旌容容，飛揚貌。騎沓沓，疾行也。般同「班」。縱縱。音騘。般，相連也。縱縱，衆也。神之徠，泛翊翊，疑「溢溢」之訛。甘露降，慶雲集。神之揄，雍容。揄，揚也。臨壇宇，九疑賓，《楚詞》：九嶷繽兮並迎，神之來兮如雲。夔龍舞。

喻在壇廷臣。神安坐，鴹吉時，吉同鴶。《爾雅》：鴶，鵴，鳲鳩也。《詩》：鳲鳩在桑，其儀一兮。《易林》：鴶鵴鳲鳩，專一無尤。此喻羣巫俟神之安坐，各慎其儀，帥羣童而歌也。共同「拱」，舊讀作「恭」，誤。翊翊，恭敬以俟也。合所思。猶「直往甯」，合我往日之所思也。神嘉虞，嘉樂主祭者之誠敬，又奏新音而侑觴也。申貳觴，累觴以冀其醉飽也。福滂洋，邁延長，神之降福穰穰也。沛施祐，汾之阿。揚金光，横泰河，莽若雲，增揚波，《楚詞》：横大江兮揚靈。「揚金光」，神欲去而更示靈異也。徧臚驩，騰天歌。汾河之民涵蒙福祐，莫不驩歌鼓舞，陳其欣慶，聲聞于天也。

此與《練時日》篇法仿彿，各有其奇。

五神

五神，五帝，太一之佐。《正義》曰：黄帝坐一星，在太微宫中，含樞紐之神也。四星夾黄帝坐：東方蒼帝，南方赤帝，西方白帝，北方黑帝。此雩祭樂章。《春秋左傳》曰：龍見而雩。《通典》：建巳月，雩五方上帝。其壇曰雩，禜於南郊之旁，命樂正習《盛樂》，舞《皇舞》。

五神相，泰帝宰輔。包四鄰，四方也。土地廣，揚浮雲。神將降壇。扢嘉壇，椒蘭芳。

師古曰：抆，摩也。謂摩拭其壇，加以椒蘭之芳也。璧玉精，垂華光。《禮》：五帝各有圭璧。蒼帝青圭，炎帝赤璋，金帝白琥，黑帝玄璜，中央黄帝黄琮也。益億年，美始興。交於神，若有承。《郊祀志》：元鼎五年，帝立泰一五帝壇于甘泉。皇帝始見，有司奉瑄玉嘉牲薦饗，是夜祠上有美光。及晝，黄氣上屬于天。廣宣延，咸畢觴。師古曰：徧延諸神咸來歆饗也。靈輿位，偃蹇驤。師古曰：靈既畢饗，將嚴駕而高驤也。卉汨臚，析奚遺。卉謂送神之蘭旌芝蓋、芬樹羽葆之類，恐神去速，故疾陳之，分析於各執事之人而無遺也。淫淥澤，注注然歸。見神之沛澤洋溢，使我注然而滿歸耳。

朝隴首

《漢書·武帝紀》：元狩元年，冬十月，行幸雍，獲白麟，作《白麟》之歌。《郊祀志》：元狩元年，郊雍，獲一角獸若麃然，有司曰：「陛下肅祗郊祀，上帝報享，錫一角獸，蓋麟云。」於是祭五時，時加一牛。

朝隴首，覽西垠。雷電尞，同「燎」。臣瓚曰：祭五時，皆有報應，聲若雷，光若電也。獲白麟，爰五止。師古曰：麟足有五蹏。顯黄德，《郊祀志》：文帝十三年，公孫臣曰：漢當土德，應黄龍見，宜改正朔，服色上黄。明年，黄龍見成紀，遂改曆服。圖匈虐。熏鬻殛，闢流離。抑不詳，同「祥」。師古曰：流離不得其所者安集之，違道不善者抑黜之。賓百僚，百神。山河饗。叶香。百僚，天神也。百僚既賓，則五嶽四瀆之祇皆來歆饗也。掩回轅，鬗長馳，鬗，馬之毛長掩蔽車轅也。騰雨師，洒路陂，麟能致神。流星隕，感惟風。昔黄帝時，鳳皇巢于閣，麒麟游于囿，有其德必有其應，今幸雍而獲白麟，顯然具有黄帝之德矣。其感召之速，若星馳風疾也。籋歸雲，撫懷心。末則更欲法黄帝，懷柔百神之心以撫安中外也。

武帝好大喜功，故情見乎詞。

象載瑜

《漢書·禮樂志》：太始三年，行幸東海，獲赤雁作。《武帝紀》：太始三年二月，行幸東海，獲赤鴈，作《赤鴈》之歌。幸琅邪，禮日成山，登之罘，浮大海，山稱萬歲。

象載瑜，元狩二年，南越獻馴象。應劭曰：馴者，能拜舞周章，從人意也。禮案：象載，輿也。瑜，美玉。以美玉飾車，而以馴象御之，猶《周禮》玉輅，蓋瑞車也。服虔既以象載爲鳥；師古以瑜爲色白；而劉攽又以爲黑車，皆非也。白集西。叶先，雍之麟也。食甘露，天所降。飲榮泉。醴泉，地所出，先標四瑞，然後序出赤雁，更覺赤雁之可貴。赤雁集，六紛員。同「紜」。六者，所獲赤雁之數，甚言祥瑞之多也。殊翁雜，五采文。孟康曰：翁雁頸，其文采殊異也。神所見，顯示也。施祉福。登蓬萊，結無極。因獲祥瑞之多，故浮大海，欲登蓬萊，以結無極之想，成不死之金仙，故曰結無極。

按《春官·巾車》：王之五輅。曰玉輅，金輅，象輅，革輅，木輅。《釋名》曰：金輅，玉輅，以金玉飾車也。象輅、革輅、木輅，各隨所名。此詩首稱象載瑜者，或玉輅而御以象，或象輅而飾以玉，均可名之曰象載瑜也。前賢未經詳考，後人又無以發明，毋怪二三其説也。

赤蛟

《漢書·武帝紀》：元封五年，冬，南巡狩，至于盛唐。地在南郡。望祀舜于九嶷，登灊天柱山，南嶽霍山。自尋陽浮江，親射蛟江中，獲之。舳艫千里，薄樅陽而出，作《盛唐》《樅陽》之歌。今《漢書·禮樂志》不載此二歌，當是因巡狩福應之事不序于郊廟耳。今讀《赤蛟》詩，似在尋陽獲蛟後祀舜之作，且末引元德升聞句以頌舜，顯然可據。更考《鐃歌·將進酒》一首，末有「使禹良工觀者苦」句，亦似祀舜之作，此二詩或即《盛唐》《樅陽》二歌，未可知也。

赤蛟綏，《詩》：淑旂綏章。《春官·司常》：掌九旂，各畫其象焉。帝親射蛟，欲誇耀武功，故畫蛟于旂以迎神。黄華蓋。天子乘黄屋，故曰華蓋。露夜零，晝晻濭。雲氣鬱陰，露零晻濭，似蛟氣凝結其上也。百君禮，南嶽百靈之神。六龍位。舜葬蒼梧，帝望祀舜，舜必駕六龍而臨祀，故並祀六龍以妥其位焉。勺椒漿，靈已醉。靈既享，錫嘉祥。芒芒極，降嘉觴。芒芒，廣大也，言舜德廣大，復降嘉觴以酢帝也。靈殷殷，音「隱」。爛揚光。延壽命，永未央。《楚詞》：靈連蜷兮既留，爛昭昭兮未央。杳冥冥，塞六合。澤汪濊，輯萬國。《楚詞》：撰余轡兮高馳翔，杳冥冥以東行。蓋舜澤汪濊，又將普輯萬國也。靈禗禗，欲返駕也。象輿轙。僕馭嚴駕待發也。票讀「飄」。然逝，旗逶蛇。禮樂成，靈將歸。託元德，長無衰。託受舜賜，齡延無疆。

將進酒

按此詩亦祀舜帝樂也，《宋書》誤入《鐃歌》。讀武帝望祀舜于九嶷之説，因細譯「使禹良工觀者苦」句，乃知後人不解所謂，遂改禹爲萬字之訛，真夢説也。附記於此，明眼辨之。

將進酒，神已降也。乘太白，乘，獻也。太白，酒星，好飲，故古人製以爲爵。辨佳哉。《楚詞》：啓九辨與九歌兮。九辨、九歌，皆虞舜樂章。又，辨，變也。《大司樂》：樂六變而天神降，八變地祇出，九變人鬼禮。佳哉，美之也。詩審搏，《書》：出納五言。胡致堂曰：五言五聲，有清濁高下之節，所謂詩也。審，詳慎也。搏，《書》：戛擊鳴球，搏拊琴瑟以詠。以合歌詠之聲也。放故歌，心所作。放，仿也。仿帝所歌《卿雲》《賡載》等歌而歌之，所謂故歌也。作，舞也。帝有《九韶》舞、《侏離》舞、《饕哉》舞、《謾或》舞、《將陽》舞、《蔡俶》舞、《玄鶴》舞、《齊落》舞，皆帝心所作以格于祖廟之舞，今我亦仿而舞之以祀帝。同陰氣，詩悉索，《書大傳》曰：於予論樂，配天之靈，同陰氣也。又曰：遷於賢聖，莫不咸聽。故曰詩悉索也。使禹良工觀者苦。良工，良臣也。大禹躬承舜禪，二千餘祀，迄我大漢，遠臨望祀，歌舜之歌，舞舜之舞，使大禹觀之，迴思當日盈庭諸臣賡歌喜起，濟濟一堂，今何如哉，能不愴然心苦耶？末以單句感慨作收。

序

《鐃歌》難讀，異乎《郊祀》。其義深，驟難探其微；其詞奧，遽難析其理。嚴滄浪曰：漢詩之不可讀者，莫如《巾舞》《鐸舞》二歌。又《鐃歌》之《將進酒》《芳樹》《石流》等篇，使人讀之茫然。若《朱鷺》《雉子班》《艾如張》《思悲翁》《上之回》等只二三句可解。夫以宋人之辭觀之，其難解尚如此，則晚近之士又可知矣。况予生更在數百年後，欲妄作解人，不懼貽笑今人，竊恐貽笑於古人耳。然予素性喜讀漢人詩，習之有年，每苦前賢評注支離，無關痛癢，因思所以抓之撓之，故不憚苦心冥搜，務令神與理會，心與天遊，如罔象之索玄珠於赤水，一旦豁然有悟，遂漫筆而漫疏之。讀者幸諒予苦心，大加郢正，是所望也。倘不屑教誨致人非，笑之，而予猶以爲非笑也，則予滋悪焉。庚午十月望前三日耕心老人陳本禮又識。

漢詩統箋卷之二

江都陳本禮　箋訂
男逢衡　　校字

樂府

鼓吹曲辭

鐃歌

崔豹《古今注》曰：短簫鐃歌，軍樂也。《宋書·樂志》曰：漢鼓吹鐃歌十八曲，皆聲、辭、艷相雜，不可復分。沈約曰：樂人以聲音相傳，訓詁不復可解。凡古樂録，皆大字是辭，細字是聲，聲辭相寫，故致然耳。

張篤慶曰：《雅》《頌》爲樂府之原。西漢以來，如《安世房中樂》、《郊祀》十九章、《鐃歌》十八曲，其辭之古穆精奇，迥乎神筆，豈操觚家效顰所可施？無論近代，即魏、晉而降，如繆襲《鼓吹曲》、陳思王《鼙舞歌》、晉之《白紵》《拂翔》等歌，亦豈能髣髴其萬一哉！

按今所傳《鐃歌》十八曲不盡軍中樂，其詩有諷有頌，有祭祀樂章，其名不見于《史記》，亦不見于《漢書》，惟《宋書·樂志》有之，似漢雜曲歷魏、晉傳訛，《宋書》搜羅遺佚，遂統名之曰《鐃歌》耳。其造語之精、用意之奇，有出于三百、《楚騷》之外者。奇則異想天開，巧則神工鬼斧，迥非魏晉以後所及，何論三唐！此亦天地元氣造化所鍾萃于一時，自然而成，合乎天籟，豈人工學力所能造其玄妙哉！

朱鷺

《詩》：振振鷺，鷺于飛，鼓咽咽。似古即有鷺鼓之製，後人解經，因《詩》有「值其鷺羽」，遂謂此詩「鷺」字爲舞人所舞之羽耳。苐朱鷺飾鼓，未知始于何時，《譚苑醍醐》曰：漢初，有朱鷺之瑞，故以鷺形飾鼓。《詩疏》：鷺，水鳥，性食魚。朱鷺，禽之至仁者。《禽經》：朱鳶不攫肉，朱鷺不吞鯉，故王者畫于鼓。《天中記》：鷺，鼓之精。

朱鷺，魚以烏。首呼朱鷺者，望其恩而憐之也。魚以烏者，言魚爲他鷺所食，業以烏有矣，今所游泳于沙汀淺渚者，皆殘食之餘，豈堪當君之大嚼哉？路「鷺」省文。訾邪，相毀曰訾。「訾」字妙，似朱鷺聞「以烏」之説，不肯認咎，訾其枉己，未考其實而責入也，故下有何食、不食之辯。①鷺何食？食茄古「荷」字，荇藻也。下。叶虎。不之「之」指魚。食，不以吐。凡鷺食魚，必吞而復吐乃食，今朱鷺食茄，故不用其吞，亦不用其吐也。將以問誅一作「諫」。者。叶渚。推朱鷺不忍吞鯉之心，猶王者行不忍人之政，焉肯殘食其民？將以問者，言爾當問前此誅求之人何以至于此哉。

李子德曰：「問」字寫出汲汲求言之情。末只就朱鷺説，而建鼓求言，不找一語，意自淵然。

彭躬庵曰：辭誼皆奇雋，可作諫鼓銘。

董若雨曰：「路訾邪」，篇中三轉聲之準也。

【校】

① 此段文字甲本作：「訾，《説文》：不思稱意也。鷺既不思稱意之食，故下有何食之問也。沈方舟曰：訾，算也，言鷺籌算欲食之狀。」

思悲翁

思悲翁，思者，事後追念之辭。悲翁者，猶「盧令令，其人美且仁」。翁蓋獵者，能急難而禦寇，故美之曰悲翁也。唐思此「思」字指寇言。奪我美人，言欲掠我婦女也。侵以遇悲翁也。侵，漸進，謂寇來掠時也。但我思蓬首，狗逐狡兔食交君。「但」字一轉神妙，言當寇來掠時適遇翁，一擊而去，正如君之獵犬逐一狡兔，惜當時不爲蓬首所獲，致被逸去，未得交君烹而食之也。梟子五，梟母六，拉沓高飛暮安宿。言我所以恨之若此者，當寇掠之時，如兇梟攫雀，勢猛人多，使不遇急難之翁，則我美人已如被攫之雀拉沓高飛，各自倉惶逃避，不知暮宿于何所也。

絶世奇文，都爲傖父誤解，使人憤懣。

艾如張

王者春蒐，夏苗，秋獮，冬狩。《白虎通》曰：四時之田，總名爲獵，爲田除害也。《史》稱元鼎五年，上祠五畤于雍，遂踰隴西，登崆峒，出蕭關，從數萬騎，獵新秦中，勒邊兵而歸。致新秦中千里無亭徼，此非爲田除害，乃縱欲耳。

艾同「刈」。而張羅，夷於何？言古帝王爲民除害，羅猶擇地而張，恐妨稼穡也。行成之，四時和。《周禮·大司馬》：中春，振旅，遂以蒐田。中夏，茇舍，遂以苗田。中秋，治兵，遂以獮田。中冬，大閲四時之田，王及諸侯各行其事，而成其典禮。故寒暑不忒，而陰陽和。此借古以傷今之不然也。山出黄雀亦有羅，雀在深山，藏身固矣，亦有羅，出于雀之意外也。雀以高飛柰雀何。幸見幾之早，不觸其機。爲此倚欲，誰肯礞室。倚恃縱欲，不顧民之家室陷于網羅也。字書無「礞」字。董若雨曰：當是「碌」字之誤。又曰：「夷於何」，篇中三轉聲之準也。

上之回

《漢書·武帝紀》：元封四年，冬十月，行幸雍，祠五畤，通回中道，回中山，在安定，今平凉府。上有王母宫，武帝求仙處。遂北出蕭關。關在平凉府東南。《方輿紀要》曰：蕭關，在固原西北。自秦漢以來，爲華、戎之大限。

上之往也。回，回中山，上有回中宫。所中益。天子行在所益，謂有益于人也。夏將至，行將北。王者順時適宜，故夏至而北行。以承甘泉宫寒暑德。甘泉宫去長安三百里，回中又在其北。行幸甘泉，本以避暑，尤不及回中地益高寒，侍從之臣既承甘泉之德，而又往回中更承其益也。游石闕，石門關，在固原州須彌山上，有古寺，松陰鬱然，即關門舊址。望諸國，月支臣，匈奴服。令從百官疾馳驅，千秋萬歲樂無極。言此行非第游觀避暑，蓋欲宣威外域，臣月支而服匈奴，奠安中國，爲千秋萬歲計也。

此詩本爲游觀耀武，却説得有關于國計民生，善于立言。

翁離「翁」一作雍，一作「擁」。

此諷武帝上林之役也。《漢書》：建元三年，開上林苑，東南至藍田宜春、鼎湖、御宿、昆吾，旁南山而西，至長楊、五柞，北繞黄山，瀕渭水而東，周袤三百里，離宫七十所。終南近在城南，草擁蘼蕪，香生山峪，真幽人託足之區也。

擁離趾中擁，環抱也。離，蘼蕪。趾，山足也。**可築室，**言即此築室，儘可娛情而樂志矣。**何用葺之蕙用蘭？**何必蘭宫蕙宇，如上林之勞民傷財耶？**擁離趾中。**贊嘆不置，故重言以致諷也。

賢者自咏其志，而託以諷也。節短意長，覺方朔之諫猶爲辭費。時帝使吾丘壽王除上林苑，東方朔諫曰：夫南山天下之阻也。出玉石、金銀、銅鐵、良材，百工所取給，萬民所仰足，又有秔稻梨栗桑麻竹箭之饒，土宜薑芋，水多䵷魚，貧者給足，無饑寒之憂。今規以爲苑，絶陂池水澤之利，而取民膏腴之地，上乏國用，下奪農業，其不可一也。盛荆棘之林，大虎狼之墟，壞人冢墓，發人室廬，其不可二也。垣而囿之，騎馳車鶩，深溝大渠，以危無隄之輿，其不可三也。且殷作九市之宫而諸侯畔，靈王起章華之臺而楚民散，秦興阿房之殿而天下亂。糞土愚臣，有逆盛意，罪當萬死。上雖是其言而不聽。

戰城南

此猶屈子之《國殤》也。《國殤》自憤其力盡死，此則恨其死于誤國庸臣之手。夫死非士所惜，但恐非其所耳。

戰城南，死郭北，城南、郭北皆非戰地，主將爲三軍司命，當視其可戰而戰，今既命之戰于城南，已屬危甚，復又命之戰于郭北，置之死地而不顧，此下文所以有「何以南何以北」之問也。野死不葬烏可食。《楚辭》：嚴殺盡兮棄原壄。主將既不愛恤士卒軀命，則死而棄之于原野者，烏固可食耳。「可」字慘。爲我謂烏：且爲客豪，客固不惜一已殪之尸，但我爲國捐軀，首雖離兮心不懲，耿耿孤忠，豪氣未泯，烏其少緩我須臾之食焉。野死諒不葬，腐肉安能去子逃。水深激激，蒲葦冥冥。追述生前戰敗時，一派陰慘氣象。梟騎戰鬭死，指同死者。駑馬裴回鳴。指死降未定者，降矣哉終身夷狄，戰矣哉骨暴沙礫，故裴回鳴也。梁築室，梁，橋梁也。梁上何能築室？喻險既不可據，而戰又非其地也。何以南，何以北。不但欲其築室，且欲命其築南不可以北，築北不可以南，戰勝則功歸主將，敗則諉罪士卒，此忠臣戰士所以肝腦塗地也。禾黍不獲君何食？此喻兵不足食，戰既不可，守又不能，進退兩難也。願爲忠臣安可得，思子良臣。凡爲領軍之帥，孰不自命良臣，既爲良臣，則當忠藎于國，計出萬全，今乃以未曾躬歷戎行之人妄參廟謀，宜其士卒輿尸而歸也。良臣誠可思，朝行出攻，暮不夜歸。此諷今之自命良臣者戰敗之後無復他計，只是一降耳。所以朝出攻而暮不夜歸也。

形容自命良臣者伎倆殆盡。自「水深」句以下皆追叙未死時事。李子德謂此爲咏亞夫拒七國事，功高賞薄者言，豈不大可噴飯！

李安溪曰：「梁築室」三句難解，「且爲客豪」言暫且使我爲豪也，荒饑亦可死人，不必戰場，既以是自廣，終思良臣以自悲也。

沈歸愚曰：太白云：「野戰格鬭死，敗馬嘶鳴向天悲。」自是唐人語，讀「梟騎」十字，何等簡勁，末段思良臣，懷頗、牧之意也。

巫山高

李子德曰：高帝初定天下，將士皆渡淮而西，其留屯關中者久旅思歸。禮按高帝至孝武時年代久遠，豈有高帝戍卒至此日尚有未歸者耶？此當是七國之變防守之卒，七國雖平，其子若孫猶有守藩封者，故戍卒未撤，久而思歸也。

巫山高，高以大。淮水深，難以逝。以高興深，正以見其歸之難也。我欲東歸，害梁不爲。梁，山梁也，不歸咎于上而諉害于梁，似恨梁之不爲我一周旋也。我集無高，語云「登高可以望鄉，遠望可以當歸」。奈我所集無梁，不得登高以望遠也。曳水何梁。此橋梁也既不能登高望遠，不知家鄉何在，將于何梁曳水而歸乎。湯湯回回，臨水淮水也。遠望，泣下沾衣。

遠道之人心思歸，謂之何。末更歸罪于心，謂之何者，猶言奈何也。

較《悲歌》「欲歸家無人，欲渡河無船」詞更悽惋。

上陵

《三輔黄圖》曰：「甘泉宮南有昆明池，池中有靈波殿，皆以桂爲殿柱，風來自香。」池中有龍首船，武帝常令宮女泛舟池中，張鳳蓋，建華旗，作櫂歌，雜以鼓吹，帝御豫章觀臨觀焉。宣帝好詩祥瑞，與孝武同，故此詩頌言陵津之美，應有仙人來遊，以諛宣帝也。

上陵何美美，下津風以寒。上陵、下津，宮中苑囿名。問客從何來，客即仙也。言從水中央。下言滄海雀，則從海上來也。桂樹爲君船，青絲爲君笮。船上蓬蓋。木蘭爲君櫂，黄金錯其間。「間」與「寒」叶，「明」與「央」叶。「黄金」二字燦爛奪目。滄海之雀，赤翅鴻，白雁，仙人從滄海來，故雀與鴻雁亦皆羣然而至矣。隨山林，乍開乍合，曾不知日月明。山不一山，林不一林，山忽開而林忽合，惟視禽鳥之飛舞翔集，以爲開合也。至于日月蔽明，益見禽鳥之多。醴泉之水，光澤何蔚蔚。見仙靈示異，禎祥畢現，故泉皆變而成醴也。芝爲車，龍爲馬，覽遨遊，四海外。水來陸去，遨遊倏忽，言之足以駭然動聽。甘露初二年，芝生銅池中，《漢書·宣帝紀》：神爵元年，詔曰：嘉穀玄稷，降于郡國。神爵集，金芝九莖產于函德殿銅池中。仙人下來飲，延壽千萬歲。恐人言不信，故又引初二年事以實之，正以見其言之不虛也。

按《漢書·宣帝紀》書鳳皇見者六，神爵集者四，五色鳥者一，其言羣鳥從而飛者皆萬數，或數萬，有集于各郡山林者，有集于長樂、未央、甘泉、泰畤諸宮殿及上林苑中者。故此詩云「隨山林，乍開乍合，曾不知日月明」，蓋指此也。

將進酒

將進酒，乘太白，辨佳哉。詩審搏，放故歌，心所作，同陰氣，詩悉索。使禹良工觀者苦。

此孝武南巡望祀大舜樂章，不當列入《鐃歌》，已移入《郊祀歌》中，詳注于前。

君馬黄

董若雨曰：此傷良臣不得于君也。「二馬同逐臣馬良」，言臣所乘者善也。易與蔡紀出良馬之地，騩與赭紀馬毛色之美，馳南馳北蓋傷其不相遇合而各背馳耳。美人指君，佳人指良臣也。

禮按：此喻君不能用賢，惟以色取人，而賢士又不肯枉道以詭遇，故兩相睽背。《易》曰：火動于上，澤動于下。二女同居，其志不同行也。

君馬黄，《魯頌》：有驪有黄。言其色之美也。臣馬蒼，色駁雜而不純，然其德稱。二馬同逐臣馬良。君取色，臣取德，不同逐不足以見臣馬之良也。易之有騩，歸、愧二音。蔡有赭，騩色淺黑，産于易；赭色赤，産于蔡，皆良馬也。若不論德，止取其色，則代北無空羣之目矣。美人歸以南，駕車馳馬，美人傷我心。美人歸南，乘所騎之黄馬，德既不稱，又無王良之御，終必泛駕，此美人之所以傷我心也。佳人歸以北，駕車馳馬，佳人往北，乘同逐之蒼馬，奈世無伯樂之顧，亦惟有獨抱孤標，自鳴自悲于鹽澤之間耳。佳人安終極？如是則君臣各行其志，終無遇合之期矣，言念及此，此情何所極哉。

彭躬庵曰：婉而醇，雋而厚，其寄興遥深，是以咀嚼無盡。

芳樹

董若雨曰：芳樹，憂君國也。日月猶今兹也，心中懷者，欲匡正則勢不從，心欲隨流則目不忍見，讒夫以妬人爲事，君心難恃，復耽于逸樂。王將誰似？如孫聲非孫，而如孫字也；如魚聲非魚，而如魚字也。「如孫如魚乎」，篇中三轉聲之準也。

芳樹日月，日居月諸，胡迭而微？此莊姜見棄，呼天之詞也。君亂如於風。《終風》之怨也。芳樹不，芳無切。花萼跗也。上無心。無心，言奸忠不辨也。因其無心，故復呼芳樹而警之也。温而鵠，三而爲行。指羣小在位者，聽其言則温，視其貌則足而恭，此種小人一之已甚，況三而成行乎？臨蘭池，心中懷思香草也。我悵。悵君子遠引，君亂如風也。心不可匡，目不可顧，妬人之子愁殺人。指温而鵠者，不禁大聲疾呼矣。君有他心，樂不可禁，聽讒而不加察，反以爲樂，蓋爲他心所愚也。王將何似？如孫狀其憨蠢無知。如魚乎？狀其游泳無定。悲矣！不曰可恨而曰可悲，正以悲其愚也。

古今來似此種人不少，匡之不能，教之不可，亦惟有聽之天而已耳。

有所思

董若雨曰：此《離騷》之遺怨也。「妃呼豨」，篇中三轉聲之準也。

此逐臣見棄於其君之作。《楚辭》：情抑鬱而不達兮，又蔽而莫之白也。一片孤忠，無可告語，故中間拉拉雜雜，發出許多决絶語。然正爲下文「秋風肅肅」四字作意外綢繆想，蓋馬不勒于懸崖則縱送無力，箭不發于弓滿則射鵠不透，作此詩者，神乎技矣。李子德以爲刺淫奔，誤矣。

有所思，乃在大海南。起首便似滑稽語。何用問自説自答。遺君，雙珠玳瑁簪，用玉紹繚之。鍾情所在，珍重倍加。聞君有他心，聞者，虛實未定之詞，況遠在海南，何所據而遽信之乎？拉雜摧燒之，摧燒之，當風揚其灰。不如此描寫，不足以見兒女子一時憨恨之態。從今已往，勿復相思，相思與君絶。足此三語，正爲下文作轉計地。鷄鳴犬吠，兄嫂當知之。此追述前夕與君定情，外人不知，鷄鳴犬吠，我兄嫂固知之矣，今一旦决絶如是，又竊恐貽兄嫂之笑也。妃呼豨，俚語諢詞，猶言「莫須有」也，無可置辨，故摭餙其詞，聊以解嘲耳。秋風肅肅晨風颸，當此秋風肅肅，冷露凄凄，空牀輾轉，不能不又動所懷。董若雨曰：悵望海南，中宵獨語，聲情欲絶。東方須臾高知之。言我不忍與君决絶之心，固有如皦日也，倘謂予不信，幸少待須臾，俟東方高則知之矣。

「妃呼豨」，人皆作聲詞讀，細玩其上下語氣，有此一轉，便通身靈豁，豈可漫然作聲詞讀耶？

沈歸愚曰：怨而怒矣，然怨之切，正望之深，末段餘情無盡。此亦人臣思君而託言者也。「鷄鳴」二句即《野有死麕》章意。

雉子班

雉子文彩陸離，故人愛之也多，然雉子恃有文彩，不知忌諱，一日誤觸網羅，貽父母憂，此《雉子班》之所以作也。讀雉父誡子語語真摯，及「雄來蜚從雌，視子趨」「被王送行所中」「堯羊蜚」「從王孫行」等語，皆一字一淚。董若雨曰：通《雉子班》之義，知幾不可以不早也。「堯羊蜚」，篇中三轉聲之準也。

雉子班，同「斑」，文彩也。如此之干。干，求也，言如此者，乃驚詫語，蓋言一小有文彩之雉子，何至便爲王孫所愛如此其甚也，此意先提在前，便覺雉父之誡子有因，且令下文「王可思」句不突，一語雙管齊下，詩之全神俱得。此種章法從《左氏》《莊子》得來。雉梁，雉梁者，謂雉父與雉子同在山梁也。無以吾翁孺，猶言吾父子也。雉子知得。特呼雉子而丁寧告誡之也。雉子高蜚止，黄鵠蜚之以千里。不但告之以避禍之方，且望其學黄鵠具有千里之志也。王可思，雄來蜚從雌，視子趨。此言雉子已爲王孫所獲，于是雉父、雉母皆倉皇來趨視子。王可思者，告王當憐念我父子依依不捨之情，哀而釋之也。「王」字一呼，聲淚俱下。一雉雉子，車大駕馬騰，此誚王孫之愚也，言不過愛一雉耳，況係雉子，何用高車大馬駕之而騰耶？車大駕馬騰者，嫌車遲而馬速也。此句形容次句「如此」二字也。被王送行所中。天子行在所。堯羊徜徉也。蜚，從王孫行。此悵雉子之無知，既不聽父母教誡之言，致觸網羅，今又不念父母戀戀不捨之恩，竟堯羊蜚從王孫行耶？真血淚滴矣。天性之恩，人倫之感，筆能曲曲傳出，大可驚天泣鬼。

此章李子德以爲賦招隱，不知何解？且將「被」字屬上讀，是句讀皆誤矣，尚得自負於漢詩用苦心四十年者乎？

彭躬庵曰：寫雉之雌雄相逐、母子相依處，實屬光怪陸離，而中忽撐以黄鵠之語，奇極；而末復結出雉從王孫行，更奇。

聖人出

帝如甘泉祠神君也。《史》稱元狩五年，上病鼎湖甚。上郡有巫，病而鬼神下之，上召置祠之甘泉。及病，使人問神君，韋昭曰：即病巫之神。神君曰：「天子無憂，病少瘉，强與我會甘泉。」於是上病起，遂幸甘泉。置壽宮，張羽旗，設供具，禮神君。神君來則肅然風生，帷帳皆動。聖人出，幸甘泉也。陰陽和。帝之病瘉也。美人出，神君也，本長陵女子，死而靈，太后祠之宮中。元鼎二年，神君求出，乃營柏梁臺以舍之。遊九河。《楚詞》：與女遊兮九河。佳人來，佳人，巫師也。史稱神君所言皆下於巫師，故神君之來，惟巫師知之。騑離哉！離，麗也。何駕神君之駕。六飛龍，四時和。言神君所臨之地，四時皆和也。君之臣，明護不道。以上皆巫師之言。臣指神君，言神君雖神，猶是帝之臣也。其神靈明，故能辟除不祥，爲帝降福。美人哉，宜天子。神君能默痡聖躬，宜天子之祠之也。免甘星巫樂甫始免與勉通。勉臣下于甘泉，製祀神巫之樂于此始也。甘，悦之也。美人子，同「字」，才四切。謂撫字四海無告之民，昫育而孳生之也。含四海。《楚詞》：「夫人兮自有美子，蓀何以愁苦。」見四海之民莫不含感神君之德，一無愁苦之事也。

此祀神君樂章。首以聖人陪出美人，而美人來去皆借佳人口中傳述，見神君之靈昭然顯著也。按《九歌》佳人、美人並稱，有指神言者，有指巫言者，不盡指君言。後人往往誤會，遂使上下文義泥而不通。

上邪

董若雨曰：上邪，愛君之詞。呼上而爲親附之音也。

禮案：此言人君聽讒信佞，不容謇諤之臣，故爲此呼上之詞，猶《楚詞》「余固知謇謇之爲患兮，忍而不能舍也。指九天以爲正兮，夫爲靈修之故也」之意。

上邪，我欲與君相知，長命無絶衰。「絶」下復贅一「衰」字，是欲其命無絶而思無衰也。望之切，故不覺其詞之複。山無陵，江水爲竭，冬雷震震夏雨雪，乃敢與君絶。《楚詞》：「雖體解吾猶未變兮，豈予心之可懲也。」「乃敢」二字婉曲。

起首重在二「欲」字，是我欲與君，非君欲我也。君果傾心欲我，則我固願永以爲好，何必重費我之盟誓耶？竊恐君心之不然耳。蓋我之所以不忍絶君者，猶《楚詞》「初既與予有成言兮，後悔遁而有他。余既不難夫離别兮，恐靈修之數化」也。

沈歸愚曰：「山無陵」以下共五事重疊言之，不見其排，何筆力之横也。

臨高臺

此諷人主誤用小人爲君子，而真君子迺翻飛遠引，不顧國家之難，亦非人臣忠蓋之義。交譏之也。

臨高臺以軒，天子不御正座而御平臺曰臨軒。下有清水清且寒。水至清則無魚，水固清矣，然陽和不布，寒色凌人也。夫以天子臨軒，當思愛育黎元，恩施四海，今乃信聚斂之臣，掊克生民，或嚴刑苛政，民不聊生，使民望而生畏，若凛淵冰也。江有香草目以蘭，今以巧言令色孔壬之臣，真蕭艾之不若，乃目之爲九畹之香，誤矣。黄鵠高飛離哉翻。其實真君子皆翻然高舉，自謂得計，然不知欲潔其身而亂大倫，亦豈人臣致身之誼哉！關弓射鵠，令我主壽萬年。故我欲關弓而射之者，使已去者知所改悔，幡然復來共理；未去者益知警惕圖治，則我國家之丕基永遠無極矣。收中吾。三字聲詞。

董若雨曰：「收中吾」，篇中三轉聲之準也。

遠如期

《史》稱漢宣帝甘露三年，上幸甘泉。匈奴呼韓邪單于來朝，上賜以冠帶、衣裳、金璽、盭綬、玉具、劍佩、弓矢、棨戟、安車、駿馬、金錢、衣被、錦繡、縠、帛、絮。禮畢，使使者道單于先行，宿長平。上還，登長平坂，詔單于毋謁，其羣臣皆得列觀，及諸蠻夷君長數萬，迎于渭橋下，夾道陳。上登渭橋，咸稱萬歲。單于就邸長安，置酒建章宮，饗賜之。二月，遣歸國。

遠如期，甘露二年，冬十二月，呼韓邪欵五原塞，願奉國珍。期于三年正月朝漢，如期而至也。益如壽。匈奴稱帝曰「萬歲」，言朝漢受益有如帝之壽也。處天左側，單于遜詞，猶言漢之化外人也。大樂萬歲，與天無極。大樂，樂得今日始來朝漢也。《史》稱呼韓邪單于稽侯狦來朝，帝寵以殊禮。位在諸侯王上，贊謁稱臣而不名，賜賚優渥，故感漢恩德比天無極而更悠遠也。雅樂陳，佳哉紛。謂置酒于建章宮，燕饗之也。單于自歸，匈奴自高祖定鼎以來，累世寇邊，歲無寧宇，至是始來朝漢自歸者，不假兵威而自至也。動如驚心虞心。寫初來朝景象如繪。從來未識大漢威儀，故驚；主臣皆受榮寵，故又喜也。大佳，猶大幸也。與上「大樂」句法相對。萬人還來。單于更請于明年正月來朝帝于甘泉，帝復許之也。謁者引鄉殿，陳累世未嘗聞之。陳累世者，言匈奴世受漢德，許賜和親尚主，典禮未有如今日之盛者。增壽萬年亦誠哉。

「謁者」數語雖述單于歸誠嚮化，然亦大爲漢家出色。

《綱目書法》曰：匈奴自秦始皇三十二年始見于《綱目》。漢文帝三年，始書單于至。宣帝五鳳四年，始書稱臣。今年始書來朝。此詩開首六字已將大樂大佳情景透出，中間寫天子燕饗遠夷，在他人必大加鋪叙，此只以「雅樂陳，佳哉紛」六字盡之，簡括無比。

石流《宋書》作「留」。

董若雨曰：此言世情遷異，石可使流，則不能保其堅矣。涼可使陽，則不能保其清寒矣。涼言冷而陽言炎也。涼石水流爲沙，謂水蕩石爲沙也。「錫以微河爲香」，言酌水贈人而謂之香則爲香矣，謂情詞之虛矯也。故下言向使溪寒水冷之候，薰風南來，激水使北流，雖忤其本性，然亦安能舍其飛揚而守其寒結哉？深言習俗之移人也。「留離蘭」篇中三轉聲之準也。

禮按：《春秋説題辭》曰：河之爲言荷也。《本草》：薄荷，芳草。微荷，蓋薄荷也。此諷友道不終，人心難測，故以水石爲喻。石性本貞，若碎而爲沙，則水可挾之以行矣。水本無香，若浸之以荷，則草可漬之爲香矣。且即以溪喻，溪水本寒，若遇薰風送暖，則水又可變而爲熱矣。「北逝肯無敢與于揚」者，言水石各有不得不然之勢。若夫交友之誼，豈可情隨境遷，勢因利異，亦惟恃乎心之不渝其盟耳。《易》稱「二人同心，其利斷金。同心之言，其臭如蘭」。安可以勢利之見，隨俗浮沉，遂薄北方之良友哉！北方坎位，水之本源，《易》曰：「習坎有孚，維心亨。」心既與坎不孚，而又薄其本源，其人之行豈足尚哉！

石流涼陽。四字聲詞。涼石水流爲沙，石經水蝕，日久成沙。錫予也。以微河薄荷。爲香。向始溪冷，將順也。風陽暖也。北逝，南風，吹則水北流。肯無敢與于揚？向使溪寒水冷之候，忽遇南風，吹水北逝，水亦無敢舍其本性而變其炎涼也。心邪交堅在心。懷蘭志金，安薄北方？北方乃水之本源地，良友之所居也。開留離蘭。四字聲詞。

此詩董若雨解差若近之，然未得其精也，故予復衍而申之，庶盡其義。

李子德曰：郊祀如《詩》之有《頌》，房中曲如大小《雅》，而鼓吹鐃歌則《風》也。周詩質，漢詩奥。周有化工自然之妙，漢亦人巧極天工錯也。

序

考《漢書·禮樂志》，高祖制宗廟樂，有《嘉至》《永至》《登歌》及《休成》《永安》等樂，六年，又制《昭容》《禮容》樂，皆不傳，惟《房中》十七章載在《漢書》。經孟康、晉灼、師古等注，詞多附會，作者之精神旨趣毫無發明。相沿既久，後人承訛踵謬，依樣胡盧。予于郊祀、鐃歌兩注既畢，因從事於此，略爲詮釋，訂其謬誤，明其大意而已。按《房中》十七章迺高祖祀祖廟樂章，高祖生於沛，沛屬楚地，凡樂，樂其所生，禮不忘本，故高祖樂楚聲，唐山夫人深於律吕，能楚聲，故命夫人製樂十七章，以祀其先。解者認爲享祀高廟之樂，其誤一也。次章「粥粥音送」謂奏降神之樂，五音高送入雲，俾神之聽之來降神也，解者謂爲送神，豈有未降先送之理？其誤二也。三章「人告其心」，高祖創立祖廟，春秋祭祀，以盡孝思，又將以報本反始之心徧告羣臣，俾各盡其孝，以端本源之化也。解者乃謂臣下告上之詞，其誤三也。其下五章緊承上章，「敕身齊戒，施教申申」句徧告臣民之詞，章各有指，今皆渾淪不分，其誤四也。至第十章桂華，「華」字乃「宫」字之訛，與芳、光字古音叶，且與上「窅窊」字義合，迺師古解爲桂花之形窅窊然，考窅窊二字豈能作桂花之形解？其誤五也。其尤誤者則「飛龍秋」秋字即春秋之秋，言此時百穀既已告成，大田無庸布雨，而上游于天矣，乃蘇林則解爲飛貌，師古則引《莊子》有秋駕之法，訛誤枚不悉數。今皆一一疏明，俾有心揣摩漢樂府者知所考訂也。至於章法之周密、詞旨之高古，遠在郊祀之上，一唱三歎，有餘音焉，讀者自得焉可耳。嘉慶歲次上章敦牂陽月望日邗江素村禮自識。

漢詩統箋卷之三

江都陳本禮　箋訂
男逢衡　校字

樂府

廟祀樂章

安世房中歌

《漢書·禮樂志》曰：漢房中祠樂，高祖唐山夫人高祖姬。唐山，姓也。所作也。周有《房中樂》，秦曰《壽人》，高祖樂楚聲，故房中樂楚聲也。孝惠二年，使樂府令夏侯寬備其簫管，更名曰《安世樂》。

劉元城曰：唐山夫人《房中樂》十七章。今郭茂倩《樂府》將第十四、第十五併成一章，故改爲十六章云。格韻高嚴，規模簡古，駸駸乎商、周之頌。

沈歸愚曰：郊廟歌近《頌》，房中歌近《雅》，古奧中帶和平之音，不腐不庸，有典有則，是西京極大文字。

彭躬庵曰：合《三頌》之典重，得《楚騷》之精粹，義理既大，音節復諧，章章新，句句活，使枚、馬、二韋爲之，未必得此全璧。

大孝備矣，開首四字，已總括十六章大義。休德昭清。高張四縣，同「懸」。天子宫縣。樂充宫廷。芬樹羽林，雲景杳冥。師古曰：言所樹羽葆其盛若林，芬然衆多，仰視高遠，如雲日之杳冥也。金支秀華，庶旄翠旌。臣瓚曰：樂上衆飾，有流遡羽葆，以黄金爲支，其首敷散，若草木之秀華也。師古曰：庶旄翠旌，謂析五彩羽注翠旄之首而爲旌也。

禮按：《房中樂》十六章，迺高祖正位大統後祭祀祖廟樂章。高祖樂楚聲，故命唐山夫人爲之以祀先祖，不得誤爲祀高祖也。此迎神之樂。

李子德曰：從「大孝」起，可謂合萬國之歡心以祀先王，可謂探驪得珠手也。「芬樹」四句，煇煌窅幻，如見其來。

沈歸愚曰：首云「大孝備矣」，以下反反覆覆屢稱孝德，漢朝數百年家法自此開出，累代廟號首冠以孝，有以也。末四句幽光靈響，不專以典重見長。

七始華始，肅倡和聲。孟康曰：七始，天地、四時、人之始。華始，萬物英華之始也。以爲樂名，如《六英》也。師古曰：肅敬而唱諧和之聲。神來宴娭，庶幾是聽。師古曰：娭，戲也。庶幾神來宴戲，聽此樂也。粥粥音送，細齊人情。晉灼曰：粥粥，敬懼貌。細，微也。忽乘青玄，熙事備成。熙，福熙，謂神來降福也。清思眑眑，幽静也。經緯冥冥。四句皆指祖宗在天之靈而言。師古曰：經緯，謂經緯天地。

此降神之樂。「粥粥音送」者，謂送其音上聞于天，俾神之聽之而來降也。晉灼、師古皆將「送」字解作送神，誤矣！齊者，所以齊人情之不齊也，《音注》作側皆反，蓋齋亦齊也。

李子德曰：「細齊」二字寫出聲音感格神理。

沈歸愚曰：「粥粥」二語寫樂音深静，可補《樂記》所闕。

我「我」字指高祖自言。定曆數，人告其心。人，盈廷諸臣也。言天之曆數在我躬者，我能敬祖宗，致孝養，所以能有九有也。此心耿耿，今日始得告諸臣民，諸臣其各竭乃心致誠慤也。敕身齊讀齋。戒，施教申申。申者，申而又申，以教臣民也。乃立祖廟，敬明尊親。大矣孝熙，福也。四極爰轃。師古曰：《爾雅》曰：東至於泰遠，西至於邠國，南至於濮鉛，北至於祝栗，謂之四極。

彭躬庵曰：此章言孝子所以立廟事親原本。

王侯秉德，其鄰翼翼。鄰，臣鄰。翼翼，恭敬貌。顯明昭式，言皆小心翼翼，各昭其式也。清明鬯同「暢」，通也。矣。皇帝孝德，言諸臣之清明在躬，上下通暢，皆皇帝孝思不匱錫類所致。竟全大功，撫安四極。君臣一德，所以能戡亂而撫四極也。

此章教文臣也。

海内有姦，紛亂東北。謂匈奴。詔撫成師，各置部校，師出以律也。武臣承德。行樂交逆，劉敞曰：逆，迎也。言師行而和樂，遠邇皆迎也。簫勺羣慝。晉灼曰：《簫》，舜樂。《勺》，周樂。言以禮樂征伐也。肅爲濟哉，肅猶「肅肅兔罝」之肅，言武臣皆肅肅干城之選，所以能有濟于國也。蓋定燕國。師古曰：匈奴服從，則燕國安静無寇難也。

此章教武臣也。

大海蕩蕩水所歸，以海水興賢人也。高賢愉愉民所懷。愉愉，和樂也。太山崔，百卉殖。民何貴，貴有德。太山崔嵬，所以能生長靈卉，以譬在上之人有德以教化萬民，而萬民亦各成其德如嘉葩瑞草也。安其所，樂終産。無强暴之侵，則民安其所矣。有恒産養生，則民保其終矣。樂終産，世繼緒。民既樂有恒産，則子孫世守其業矣。飛龍秋游上天，高賢愉樂民人。龍自啓蟄而後，興雲布雨，及秋，百穀既登，龍又伏蟄而上游于天，亦猶賢君治天下，天下既治，則端拱無爲于上而樂矣，其民亦含哺鼓腹而歌詠太平之盛也。

此章教公卿侯伯也。

豐草葽，《詩》：四月秀葽。苦葽也。女蘿施。女蘿，兔絲。施，去聲，延也。應劭曰：兔絲延于松柏之上，異類而猶載之，況同姓族親，不可不覆遇也。善何如，誰能回。同「諱」。言同姓諸侯雖與異姓諸侯有間，然亦當考察其善惡何如，不能爲其回護也。大莫大，成教德。長莫長，被無極。同姓伯叔兄弟之國，每多驕恣不法，尤當教之以德，俾各謹守蕃封，屏衛王國，則長被恩蔭于無極也。

此章教宗室也。迨後景帝七國之變，夫人早已慮及矣。

靁震震，電燿燿。明德鄉，治本約。讀曰「要」。師古曰：鄉，方也。言王者之威，取象雷電，明示德義之方，而治政必本之于約。禮案：高祖入關，與父老約法三章。即此「約」字所本。治本約，澤宏大。叶倒。高祖除秦苛法，吏民安堵，故曰澤宏大也。加被寵，咸陽保。叶裒。師古曰：言德政寵渥，則室家老幼皆相保也。德施大，世曼壽。曼，延也。

此章教四海黎民也。以上五章，皆本「皇帝孝德」「施教申申」句來。

都都梁，澤蘭也。荔薜荔，香草。遂芳，窅窵窅，深遠也。窊隆窊，高下也。桂宮。舊訛「華」。晉灼曰：言樹此香草以絜齊其芳氣，以達于宮殿也。禮案：澤蘭、薜荔榮于春，桂華馥于秋，窅窊蓋言廟中享殿寢宮深遠高下也。天子春秋祭享，堂下草木皆芳香絜齊，以致其春霜秋露之思焉。孝奏天儀，若日月光。天儀，列祖列宗之容儀也。神降之後，天子奠帛奠爵，獻牲實俎，敬展天容，如日月之光，赫濯在上在左右也。乘玄四龍，回馳北行。言神既醉飽，徘徊欲行，而龍車先北馳也。羽旄殷盛，芬哉芒芒。芒芒，即首章所謂雲景杳冥也。孝道隨世，我署文章。言我四時祭享先王，不敢自謂爲孝，然亦不過循先世典禮。所謂春秋修其祖廟，陳其宗器，設其裳衣，薦其時食，部署其事。文得以章，我之敬耳。

此章享神之樂。舊注有「桂華」二字，乃此首之曲名也。晉灼曰：「桂華」似殿名，而師古非之，第所解亦未善。按「華」迺「宮」字，與「芳」「光」字古音叶，且與上文「窅窊」二字義合。《三秦記》云：未央宫漸臺西有桂宫，中有光明殿。《長安記》曰：桂宫在未央宫北，亦名北宫。《三輔黄圖》曰：北宫在長安城中，近桂宫，俱在未央宫北。高帝時，制度草創，孝武增修之。按此則高帝時已有桂宫，或即高帝享祀祖廟之所，且詩名《房中》，當是宫中之廟，非祫祭大享之太廟也。後世訛「宫」爲「華」，遂令人費解耳。

李子德曰：大而益麗，不浮不纖。《郊祀》十九首多取法於此。

馮馮翼翼，承天之則。《詩》：有馮有翼。謂承天眷祐，得掃清六合而制強楚，皆法天而時行也。吾易彊易也。久遠，燭明四極。吾之疆易所以能遠且大者，蓋四極之民秦虐于前，楚暴于後，民之困苦我能洞悉其情，而拯之于水火之中，不啻如燭之明照而飛光四極也。慈惠所愛，美若賜予也。休德。杳杳冥冥，克綽延長也。永福。祖宗以慈惠及人，而天亦以休德錫我，于杳杳冥冥之中獲無疆之福也。

此章高帝自述其所以得天眷佑者，皆承先世孝慈之惠，推以及民，故天亦感應之速，俾其奄有天下，得建宗廟以祀其先人，故於杳杳冥冥之中得永此福佑也。

磑磑即即，師象山則。孟康曰：磑磑，崇積也。即即，充實也。積實之盛，象類于山也。禮按：福之所致，崇而益積矣。孝之所致，充而益實矣。二語承上起下。嗚呼孝哉，案撫戎國。蠻夷竭歡，象來致福。李奇曰：象，譯也。蠻夷遣譯致福貢也。兼臨是愛，終無兵革。師古曰：兼臨，言在上位者普包容也。

此承上章降福之義而申言之。「嗚呼」一歎，蓋言民彝物則莫不以孝爲先，故能感人，而致福亦極遠也。

彭躬庵曰：此章言降福之大，述蠻夷之頂戴，則曰「竭歡」「致福」；述撫戎之仁政，則曰「兼臨是愛」。無一字不精細，無一字不得其要領。

李子德曰：形容曲盡，于奏文亂武之間，一推本孝思，終之曰「兼臨是愛，終無兵革」，則美其成功也。

嘉薦芳矣，告靈饗矣。饗叶香。李子德曰：句法妙。德音孔臧，臧，善。惟德之臧。建侯之常，師古曰：建侯，封建諸侯也。承保天休，令問名也。不忘。「承」一作「永」。

此章告靈之詞。言欲舉行封建之典，以承保天休也。

皇皇鴻明，蕩侯休德。嘉承天和，伊樂厥福。此誡受封諸臣，惟明克允，以保其終也。在樂不荒，惟民之則。浚則師德，浚，深也。則，法也。師，衆也。下民咸殖。生也。令問在舊，久也。孔容翼翼。言能深法衆德，又能生育羣黎，則令問自久，尤宜翼翼小心，以守其滿盈之戒也。

此章戒封國勳臣也。帝之誡諭，可謂諄切著明矣。高祖六年，始剖符封功臣，乃未幾而陳豨反代，淮陰侯韓信、梁王彭越、淮南黥布相繼誅戮。噫，其果帝之刻薄寡恩哉？抑亦諸臣之不靖共爾位耶？讀此詩者當深諒帝心，庶不負施教申申之意。

孔容之常，翼翼之容。承帝之明。師古曰：帝謂天也。下民之樂，子孫保光。言永保其光寵也。承順温良，受帝天。之光。嘉薦令芳，壽考不忘。

此章歸重上天，申明次章敬明尊親之義。敬祖事天，其義一也。

承帝明德，師象山則。師古曰：象山爲法，不騫不崩。雲施稱民，師古曰：言稱物平施，其澤如雲也。永受厥福。承容之常，承帝之明。下民安樂，受福無疆。

末復歸重於修己敬天，而於「承容之常」「承帝之明」連疊二句，以申「敕身齊戒，施教申申」之義。章法周密，大有一唱三歎之致。

李子德曰：此二章則因樂致祝之詞，歆福以後事也。漢興，去古未遠，著作嵬然，而廟祀大章乃出婦人之手。既典以則，亦大亦清，變化參差，諸體略備。即令二韋草創，枚、馬潤色，當無以加焉。